ROBERTO BOR

UN SEGRETO DI FAMIGLIA

(ITALIAN LANGUAGE FOR B1-B2 LEVEL STUDENTS)

Russian Spy. Operazione Bruxelles 1

With the exciting and extremely informative reading proposed here, you can deepen and expand your language skills in Italian in a variegated and refreshing way. Each chapter has been supplemented with the text-related exercises, with which you can check your reading skills. Just write the required answers directly in the book!

The correct answers to the questions put in the exercises are to be found in the "Answers" section at the end of the book. Each chapter has a glossary providing translation of the most difficult words and phrases which are highlighted by italics in the text.

Here you'll find a friendly format for developing your language skills.

Have a good time with this book - enjoy your reading and learning!

Copyright © 2022 Roberto Borzellino

roberto.borzellino@live.it

All the events and the characters in this book are fictitious. Any similarities with actual events or living people should be treated as unintentional coincidences.

CONTENT

Learn the novel - glossary and exercises

Capitolo 1 – **San Pietroburgo**	Pag. 4
Capitolo 2 – **Un segreto di famiglia**	Pag. 35
Capitolo 3 – **Servizi segreti**	Pag. 63
Capitolo 4 – **Il Covo**	Pag. 98
Capitolo 5 – **L'addestramento**	Pag. 134
Answers	Pag. 165

SINOSSI

Aleksej è un giovane ufficiale presso l'Accademia militare di San Pietroburgo. Figlio unico, di mamma russa e padre italiano, è il capitano della squadra militare di hockey. La sua vita trascorre monotona e tranquilla, ma nel profondo della sua anima sente che la sua famiglia nasconde un grande segreto. A tre anni dalla sua nascita i genitori si separano e, da quel giorno, non rivedrà più suo padre Roberto. Qualcosa di molto grave è successo nel passato ma, nonostante il trascorrere del tempo, sua mamma Maria si è sempre rifiutata di raccontargli la verità. Solo un improvviso viaggio a Mosca gli farà capire che la sua vita sta per cambiare e che il suo destino è legato ad un lontano ed oscuro "SEGRETO DI FAMIGLIA". Il finale sorprendente lascerà il lettore con un unico desiderio: scoprire la verità che riaffiora dal passato e continuare a leggere la storia del Maggiore Alexej Marinetto!!

STORY

Aleksej is a young officer at the St. Petersburg Military Academy. The only child of a Russian mother and an Italian father, he is the captain of the military field hockey team. His life passes monotonously and quietly, but deep in his soul he feels that his family is hiding a big secret. Three years after his birth, his parents separate, and from that day on, he will never see his father Roberto again. Something very serious happened in the past but, despite the time passing, his mother Maria has always refused to tell him the truth. Only a sudden trip to Moscow will make him realize that his life is about to change and that his fate is tied to a distant and dark "FAMILY SECRET." The surprising ending will leave the reader with only one desire: to discover the truth that rises from the past and to continue reading the story of Major Alexej Marinetto!!!

Capitolo primo

San Pietroburgo

«Shaibu... shaibu», gridò Aleksej, mentre uno <u>stridere</u> di pattini sul ghiaccio faceva da sottofondo. Un colpo di mazza violento e il disco nero colpì rapido il suo bersaglio.

«Bravi!! Continuate così... ancora più veloci... pattinare e colpire forte».

«Aleksey... possiamo fermarci un attimo... siamo esausti» - replicò Nikita – completamente sudato sotto <u>l'imbracatura</u> da portiere di hockey. A guardarlo da lontano sembrava un marziano, con la maschera che gli copriva il viso ed i guantoni troppo grandi per reggere il bastone. Doveva difendere la porta dagli attacchi ripetuti dei compagni di squadra, ma la sua mente era altrove, distratto com'era dal gruppetto di splendide ragazze che osservavano da bordo pista.

«Ragazzi... venite qui al centro della pista.... devo parlarvi», ordinò urlando Aleksej, intenzionato a farsi sentire da tutti i componenti della squadra, anche da quelli che erano più lontani. Tutti, immediatamente, si misero a pattinare velocemente e formarono un cerchio intorno al loro capitano.

«Che sia chiaro per tutti... ci restan solo poche settimane per il torneo di hockey **interforze** e... da quello che vedo... non siamo ancora pronti. Se i miei metodi di allenamento non vi vanno bene allora lamentatevi con il Generale Govorov. Ma sapete già come andrà a finire! Niente storie e riprendete a pattinare alla svelta. Tu... Nikita... a rapporto da me al termine dell'allenamento».

«Sì... signor Maggiore» – rispose Nikita mettendosi sugli attenti mentre con il gesto della mano faceva il saluto militare.

Anche con la maschera si poteva notare il suo sorriso e

la leggera ironia con cui aveva pronunciato quella frase.

Sapeva che poteva contare sulla grande amicizia che lo legava ad Aleksej e non lo preoccupava più di tanto doversi <u>presentare a rapporto</u> dal suo superiore. Nikita spesso aveva <u>abusato</u> di questa sua posizione privilegiata. Arrivava quasi sempre in ritardo agli allenamenti ed era il primo a lamentarsi ed a finire sotto la doccia. Aleksej l'aveva <u>preso a ben volere</u> fin dal suo arrivo in Accademia e si era preso cura di lui. Era il più piccolo del gruppo ma aveva un carattere eccezionale, sempre di buon umore e con la battuta pronta in ogni circostanza.

Tra l'altro era anche un ottimo pattinatore e Aleksej lo spronava sempre a migliorarsi.

Credeva in lui.

Raccontava a tutti che, se si fosse impegnato sul serio, <u>aveva la stoffa</u> per diventare il migliore portiere che l'Accademia avesse mai avuto negli ultimi decenni.

«Bene così… tutti a fare la doccia!!» - disse il Generale Govorov – soddisfatto per l'impegno mostrato in allenamento dai suoi ragazzi. Li aveva osservati per tutto il tempo dagli <u>spalti</u> del Palazzo del Ghiaccio di San Pietroburgo.

«Avete solo trenta minuti!!» – proseguì con tono perentorio il Generale – «il nostro autobus ci aspetta nel parcheggio e non ammetto nessun ritardo».

Prima di dirigersi verso l'uscita della struttura prese Nikita per un braccio: «Per oggi basta con gli scherzi o neanche il tuo capitano potrà salvarti da una <u>punizione esemplare!!</u>».

Subito dopo lanciò un sorriso di complicità verso il suo sottoposto: il Maggiore Aleksej Robertovic Marinetto. Il cognome di Aleksej tradiva le sue evidenti origini italiane.

Aveva già compiuto 25 anni e fin da bambino era stato scelto per frequentare l'Accademia Militare per cadetti di Orenburg, negli Urali meridionali, a circa 1.200 chilometri da Mosca. Era un'accademia molto prestigiosa alla quale venivano ammessi solo figli e nipoti della nomenclatura russa. Aleksej poteva vantare tale diritto in quanto suo nonno era un generale in pensione. Al tempo della vecchia Unione Sovietica era stato un esponente di rilievo del **disciolto** KGB, il servizio segreto russo.

Aleksej aveva fatto carriera con rapidità sorprendente fino a raggiungere il prestigioso grado di Maggiore dell'esercito, che mostrava con orgoglio ad amici e parenti. Da qualche anno era in **pianta stabile** presso l'Accademia Militare di San Pietroburgo dove ricopriva anche il ruolo di capitano e assistente allenatore della squadra di hockey della scuola.

Il suo capo e **mentore**, il Generale Aleksandr Nikolaevic Govorov, era stato membro della "squadra degli invincibili", la compagine che per anni aveva stravinto i giochi invernali di hockey per l'URSS.

Solo una <u>macchia indelebile</u> aveva condizionato la sua incredibile carriera di hockeista, dalla quale non seppe più riprendersi e che segnò il suo definitivo ritiro dalle competizioni. Lo feriva ancora il ricordo di quei XIII Giochi Olimpici Invernali di Lake Placid (USA) dove la sua squadra fu battuta in semifinale dagli Stati Uniti, all'epoca formata solo da studenti universitari e dilettanti.

Fu uno <u>scacco</u> incredibile per la "squadra degli invincibili".

Alla fine riuscirono comunque a vincere la medaglia d'argento, ma per anni si parlò solo del "miracolo sul ghiaccio" da parte degli statunitensi, con tanto di film hollywoodiani sul tema.

L'autobus era pronto sul piazzale, con il motore acceso, in attesa dell'arrivo dei cadetti.

Tutti furono puntuali e salirono con ordine per sedersi nei posti loro assegnati, seguiti dagli sguardi severi del Maggiore Alexej e del Generale Govorov. L'ultimo ad arrivare fu Nikita che, come al solito, si prese uno <u>scappellotto</u> dal suo comandante.

Fuori l'aria era ancora umida per la pioggia caduta incessantemente e tutti si misero ad osservare dai finestrini l'imminente tramonto del sole.

Era uno spettacolo incredibile.

La sfera arancione stava per arrendersi alle prime luci della sera e improvvisamente sparì con il suo <u>bagliore</u> dietro enormi palazzoni grigi.

Govorov prese posto accanto al suo vice allenatore e dopo alcune parole di circostanza, sul morale della squadra e la preparazione atletica, improvvisamente si fece serio e cambiò tono alla conversazione.

«Domani mattina alle 9.00 deve presentarsi dal Comandante... Generale Sherbakov... per comunicazioni urgenti che La riguardano. Mi è stato detto di riferirle questo messaggio di persona perché non volevano che passassi per la solita **trafila burocratica**».

Il Maggiore rimase per un attimo pensieroso e poi tentò di **azzardare** una richiesta: «Generale» – disse timidamente - «posso farle una domanda personale?».

«Certamente», rispose Govorov, «chieda pure».

«Da bambino il nonno mi raccontava che... quando si ricevono messaggi di questo tipo... alquanto insoliti... allora c'è da temere per la propria carriera o peggio... per la propria vita».

Il Generale scoppiò in una **fragorosa** risata che mise in imbarazzo Aleksej.

«Maggiore... può dire a suo nonno che i sistemi del

KGB sono finiti ormai da tempo. Stia pur tranquillo… al massimo sarà trasferito ad altro incarico… forse addirittura a Mosca», replicò con tono <u>pacato</u> e sorridente.

Il Generale sapeva molto di più di quello che diceva ma Aleksej non volle insistere; con la sua curiosità aveva già <u>osato</u> abbastanza. In fondo doveva aspettare solo poche ore per conoscere i particolari di quella strana convocazione avvenuta <u>**fuori dai canali ufficiali**</u>.

In ogni caso un senso di agitazione lo assalì durante tutto il tragitto fino all'Accademia, anche se cercò di mascherare il disagio mantenendo il suo solito contegno. Desiderava non insospettire gli altri <u>commilitoni</u> e voleva evitare qualunque tipo di domanda. Inoltre, non era il tipo di uomo che si lasciava andare a facili confidenze, nemmeno con i suoi amici più stretti e fidati.

Cenarono alla mensa degli ufficiali e Nikita, come al solito, <u>non fu parco</u> di scherzi e battute.

Qualcuno aveva portato la chitarra e tutti insieme invitarono Aleksej a suonare un brano italiano, di quelli che la mamma gli aveva insegnato quand'era piccolo.

«Sono un italiano… sono un italiano», gridavano a <u>squarciagola</u> e il Maggiore, pur di calmare quella massa indisciplinata, prese la chitarra tra le mani e cominciò a <u>strimpellare</u> il motivetto che tutti chiedevano a gran voce.

Dopo aver ascoltato le parole del Generale Govorov non era dell'umore adatto, ma volle che la serata finisse nel modo previsto e non si tirò indietro.

Si alzò al termine di quella improvvisata "perfomance" e dopo essersi congedato dal gruppo, con passi decisi, si diresse verso il suo alloggio di servizio. Mentre la mente <u>vagava</u> in cerca di una spiegazione logica gli tornarono alla mente le parole del nonno Andrej.

«Non fidarti dei militari… non fidarti mai dei tuoi colleghi… diffida di tutto e di tutti… lasciati sempre una via d'uscita... per quanto questa possa essere difficile e pericolosa».

Con un colpo secco chiuse dietro di sé la porta della stanza e, senza togliere l'uniforme, si sedette al centro del letto. Si sentiva veramente stanco, come se avesse perso tutte le energie, fisiche e mentali.

Delicatamente tirò fuori dal portafoglio alcune vecchie foto **sbiadite:** la prima mostrava suo nonno che, impettito nella divisa da generale, **faceva bella mostra** di tutte le medaglie che aveva meritato in tanti anni di onorato servizio presso il KGB. Era in pensione da diverso tempo e viveva in una bella casa vicino al centro di Mosca. Purtroppo, da qualche anno era rimasto da solo. L'amata moglie Olga era morta **prematuramente**, colpita da un male incurabile, che se l'era portata via all'improvviso.

Per il Generale Andrej Vladimirovic Halikov quella era stata la missione più dolorosa e difficile della sua vita, dalla quale ne era uscito sconfitto.

Aveva dovuto arrendersi all'inevitabilità di quella perdita e <u>si rammaricava</u> di non essere riuscito a tener fede alla sua "promessa". Aveva giurato ad Olga che, una volta in pensione, avrebbero viaggiato insieme e fatto il giro del mondo. L'avrebbe portata in posti lontani e bellissimi come: Madrid, Londra e Roma. In compagnia della moglie desiderava godersi, in santa pace, mostre, musei, parchi. Ma, sopra ogni cosa, desiderava portarla al teatro La Scala di Milano o al Louvre di Parigi.

Erano i luoghi dove Andrej aveva portato a termine con successo le sue missioni più importanti. Era stata una brillante spia russa, probabilmente la più famosa all'interno del KGB. Molti lo ammiravano ancora, nonostante fosse da tempo in pensione. Anche nell'SVR, il nuovo servizio segreto russo, da molti era considerato una leggenda vivente.

Durante il periodo della guerra fredda aveva superato mille pericoli e difficoltà. Una volta era stato anche ferito seriamente, ma non fu mai catturato e seppe <u>cavarsela</u> sempre <u>egregiamente</u>. Quello era stato il periodo più eccitante ed avventuroso della sua vita, ma l'improvvisa morte della moglie gli aveva tolto ogni desiderio di vivere. Era stato un colpo così tremendo che lo aveva <u>spezzato dentro</u> e, da quel giorno, non aveva avuto più la forza di reagire.

Aleksej, guardando quella foto, sentiva che anche suo nonno - il militare <u>tutto d'un pezzo</u> - in fondo aveva un'anima. Ebbe <u>compassione</u> per quel vecchio che non vedeva da così tanto tempo e fu tentato dal telefonargli per chiedergli un consiglio. Ma abbandonò subito quell'idea. Ancora gli <u>risuonavano nella testa</u> le parole di sua mamma che aveva vietato a tutti i familiari, lui compreso, di recarsi a Mosca per partecipare alle <u>esequie</u> di nonna Olga, l'amata moglie del nonno.

Lui aveva obbedito, ma contro voglia.

Fu costretto a fare quella scelta ben sapendo che la mamma non gli avrebbe mai perdonato nessun atto di <u>insubordinazione</u>. Stranamente, nessuno volle chiarire ad Aleksej i motivi di quella incomprensibile decisione e tutti in famiglia mantennero il segreto. Qualcosa di veramente terribile doveva essere successo tra padre e figlia, tanto grave da "costringere tutti" a restare a San Pietroburgo.

Spesso Aleksej aveva provato ad aprire l'argomento con la mamma, ma aveva sempre ricevuto un brusco e netto rifiuto. Una volta, in particolare, aveva cercato di <u>intenerirla</u> dicendole: «Ma Olga è mia nonna... tua madre... sangue del tuo sangue... come puoi fare un atto così <u>deplorevole</u>. Non è da te. Tu che sei una donna giusta... sempre pronta ad aiutare tutti quelli che vengono a chiederti aiuto. Non capisco... perché non mi dici la verità? Perché questo segreto?».

Maria era stata sempre irremovibile con il figlio e l'ultima volta che avevano affrontato la discussione gli aveva detto, perentoria: «Aleksej… possiamo parlare apertamente di tutto quello che desideri ma… due argomenti sono tabù in questa casa… tuo nonno Andrej e tuo padre Roberto. Con questo l'argomento è chiuso e non desidero mai più tornarci sopra».

Aleksej mise con cura nell'armadio la sua divisa di Maggiore, facendo attenzione a non sgualcirla perché doveva essere perfetta per il giorno dopo, in presenza del Comandante dell'Accademia. Si mise il pigiama e si stese sul letto. Incrociò le mani dietro la testa e cominciò a fissare il soffitto cercando di tornare con la memoria a quand'era bambino. Come sempre desiderava ricordare il viso di suo padre o, quanto meno, la sua voce. Ma niente, non riuscì a ricordare nulla.

Da venticinque anni sentiva la mancanza del padre e desiderava conoscere quell'uomo con tutte le sue forze, per parlargli almeno una volta. Soprattutto, voleva sapere perché lo aveva abbandonato e non si era fatto più vedere né sentire.

Con il tempo il mistero della fuga del padre si era trasformato in un **pesante fardello** che gli opprimeva l'anima ed il cuore. La mamma si era sempre **prodigata** per quell'unico figlio maschio a cui non aveva fatto mancare mai nulla, dandogli sostegno e amore. Ma nonostante tutti i suoi sforzi ad Aleksej era sempre mancata una figura paterna e portava dentro di sé la sensazione di aver vissuto in una famiglia a metà.

Peraltro, Maria, dopo l'abbandono del marito, non si era più risposata e solo recentemente Aleksej aveva scoperto che la mamma non aveva mai divorziato da suo padre. All'anagrafe di San Pietroburgo risultavano ancora ufficialmente sposati.

Intuiva che qualcosa di terribile doveva essere capitato

alla sua famiglia e, per quanto si sforzasse di capire, sentiva nel profondo del suo animo che qualcosa non quadrava.

I conti, certamente, non tornavano.

Innanzitutto, si chiedeva come mai sua mamma avesse trascorso tutti quegli anni da sola, sempre fedele al marito, come se aspettasse il suo ritorno da un momento all'altro. Aveva provato ad indagare per scoprire la verità ma fino a quel momento aveva trovato ben poco, se non un muro di assoluta <u>omertà</u>.

Un giorno, come al solito, era passato a far visita alla mamma ma aveva trovato la casa deserta. Approfittò dell'assenza di Maria per poter <u>frugare</u> in ogni angolo: dai cassetti, agli armadi, al bagno.

Fu tutto inutile, non saltò fuori nulla, nemmeno una lettera o una foto che giustificasse il tradimento del padre e la fine del loro amore.

L'abbandono improvviso di quell'uomo e il suo precipitoso rientro in Italia restavano un fitto mistero ancora irrisolto.

Ma Aleksej continuò <u>imperterrito</u> a non darsi per vinto.

Era sicuro che un giorno o l'altro avrebbe trovato i fili giusti e districato per intero quella complicata <u>matassa</u> che continuava ad avvolgere la sua vita e quella della sua famiglia.

Si addormentò con questo pensiero.

GLOSSARIO 1

Avverbio / Adverb = avv.	*Sostantivo / Noun = s. m. (male)*
Verbo / Verb = v.	*Sostantivo / Noun = s. f. (female)*
Modo di dire / Way of saying = m.d.	*Aggettivo / Adjective = agg.*

Stridere *(v.) = Emettere suoni sgradevoli, acuti e penetranti.*	**Screeching** = *Making unpleasant, high-pitched, piercing sounds.*
Imbracatura *(s.f.) = Abbigliamento speciale (sportivo) che protegge da colpi o cadute.*	**Harness** = *Special (sports) clothing that protects against blows or falls.*
Interforze *(agg.) = Organi o attività militari che interessano due o più forze armate.*	**Interagency** = *Military bodies or activities involving two or more armed forces.*
Presentarsi a rapporto *(m.d.) = Usato in ambito militare quando il soldato deve presentarsi davanti ad un suo superiore di grado.*	**Reporting for duty** = *Used in the military when a soldier must report before his superior officer.*
Abusare *(v.) = Fare uso cattivo o illecito di qualche cosa.*	**Abusing** = *Making bad or illicit use of something.*
Prendere a ben volere *(m.d.) = Avere simpatia per qualcuno/a.*	**Taking someone to heart** = *To have sympathy for someone/anyone.*

Avere la stoffa *(m.d.)* = *Avere talento.*	**Having the stuff** = *Having the talent.*
Spalti *(s.m.)* = *Gradinate di uno stadio.*	**Bleachers** = *Bleachers of a stadium.*
Punizione *(s.f.)* **esemplare** *(agg.)* = *Punire qualcuno in modo da dare un esempio a tutti gli altri.*	**Exemplary, punishment** = *Punishing someone so as to set an example for everyone else.*
Disciolto *(agg.)* = *Cessato, finito.*	**Dissolved** = *Ceased, finished.*
Pianta stabile *(m.d.)* = *Fisso in un posto.*	**Stable plant** = *Fixed in one place.*
Mentore *(s.m.)* = *Consigliere saggio e fidato.*	**Mentor** = *Wise and trusted advisor.*
Macchia *(s.f.)* **indelebile** *(agg.)* = *Riferito a un fatto che non può essere cancellato o dimenticato.*	**Indelible stain** = *Referring to a fact that cannot be erased or forgotten.*
Scacco *(s.m.)* = *Nel senso di sconfitta.*	**Checkmate** = *In the sense of defeat.*
Scappellotto *(s.m.)* = *Piccolo schiaffo.*	**Slap** = *Small slap.*
Bagliore *(s.m.)* = *Luce intensa e diffusa.*	**Glow** = *Intense, diffuse light.*

Trafila burocratica *(m.d.)* = superare diversi livelli burocratici prima di raggiungere un obiettivo.	**Bureaucratic rigmarole** = Passing several bureaucratic levels before reaching a goal.
Azzardare *(v.)* = Provare a fare qualcosa ma rischiando.	**Daring** = Trying to do something but taking a risk.
Fragoroso/a *(agg.)* = Con voce molto forte, assordante.	**Thunderous** = In a very loud, deafening voice.
Pacato/a *(agg.)* = Tranquillo, sereno.	**Calm** = Quiet, serene.
Osare *(v.)* = Avere il coraggio di fare cosa che sia rischioso.	**Daring** = Having the courage to do thing that is risky.
Fuori dai canali ufficiali *(m.d.)* = Senza seguire la procedura ordinaria.	**Outside official channels** = Without following the ordinary procedure.
Commilitone *(s.m.)* = Termine militare per indicare un compagno d'armi, un camerata.	**Comrade-in-arms** = Military term for a comrade-in-arms, a comrade-in-arms.
Non essere parco *(m.d.)* = Nel senso di non essere avaro.	**Not being stingy** = In the sense of not being stingy.
Squarciagola *(agg.)* = Gridare forte e in modo non educato.	**Out loud** = To shout loudly and unmannerly.
Strimpellare *(agg.)* = Eseguire in modo dilettantesco un brano musicale.	**Strumming** = Amateurishly performing a piece of music.

Vagare *(v.)* = *Nel senso di pensare e immaginare cose e situazioni diverse.*	**Wandering** = *In the sense of thinking and imagining different things and situations.*
Sbiadito/a *(agg.)* = *Di colore attenuato, non vivace, spento.*	**Faded** = *Diminished in color, not vibrant, dull.*
Fare bella mostra *(m.d.)* = *Riferito ad un oggetto con un gradevole effetto estetico, bello da vedere.*	**Making a good showing** = *Referring to an object with a pleasing aesthetic effect, nice to look at.*
Prematuramente *(avv.)* = *Prima della fine del tempo previsto.*	**Prematurely** = *Before the end of the scheduled time.*
Rammaricarsi *(v.)* = *Provare dispiacere per qualcuno o qualcosa.*	**Regret** = *To feel sorry for someone or something.*
Cavarsela *(v.)* = *Uscire vittorioso da una situazione difficile o pericolosa.*	**To get by** = *To emerge victorious from a difficult or dangerous situation.*
Egregiamente *(avv.)* = *In modo eccellente.*	**Egregiously** = *In an excellent way.*
Spezzato dentro *(m.d.)* = *Riferito ad una sensazione di tristezza intensa e disagio profondo.*	**Broken inside** = *Referring to a feeling of intense sadness and deep discomfort.*
Tutto d'un pezzo *(m.d.)* = *Riferito ad un uomo dal carattere deciso, serio e dalla morale ineccepibile.*	**All of a piece** = *Referring to a man of firm, serious character and unimpeachable morals.*

<u>Compassione</u> *(s.f.) = È la partecipazione alla sofferenza dell'altro.*	**<u>Compassion</u>** = *It is participation in the suffering of another.*
<u>Risuonare nella testa</u> *(m.d.) = Riferito ad una frase che si sente continuamente nella propria testa.*	**<u>Resonate in the head</u>** = *Referring to a phrase that you hear continuously in your head.*
<u>Esequie</u> *(s.f.) = Funerale.*	**<u>Funeral</u>** = *Funeral.*
<u>Insubordinazione</u> *(s.f.) = Rifiuto di ubbidire, di sottomettersi all'autorità di un superiore.*	**<u>Insubordination</u>** = *Refusal to obey, to submit to the authority of a superior.*
<u>Intenerire</u> *(v.) = Provare a far commuovere n'altra persona.*	**<u>Intenerate</u>** = *To try to move another person.*
<u>Deplorevole</u> *(agg.) = Comportamento vergognoso, da condannare moralmente.*	**<u>Deplorable</u>** = *Shameful behavior, to be morally condemned.*
<u>Irremovibile</u> *(agg.) = Atteggiamento di chi non cambia idea, ostinato, fermo sulle proprie posizioni.*	**<u>Unshakable</u>** = *Attitude of one who does not change his mind, stubborn, firm on his positions.*
<u>Sgualcire</u> *(v.) = Riferito a un tessuto. Nel senso di fare attenzione a non spiegazzarlo, stropicciarlo, o procurare delle pieghe antiestetiche.*	**<u>Crease</u>** = *Referring to a fabric. In the sense of taking care not to crease it, crumple it, or procure unsightly creases.*

Pesante fardello *(m.d.)* =L'*insieme delle contrarietà e anche degli oneri e dei doveri che ognuno è costretto a subire dalla vita.*	**Heavy burden** = *The set of contrarieties and also burdens and duties that everyone is forced to endure from life.*
Prodigarsi *(v.)* = *Aiutare molto gli altri con molta generosità.*	**Prodigy** = *To help others very generously.*
Omertà *(s.f.)* = *Silenzio su fatti delittuosi dovuti a complicità o per paura di vendetta.*	**Tacit** = *Silence about criminal facts due to complicity or fear of revenge.*
Frugare *(v.)* = *Cercare*	**Poking** = *Searching.*
Imperterrito *(agg.)* = *Riferito a persona che non si lascia condizionare o spaventare da nulla.*	**Undaunted** = *Referring to a person who does not let anything affect or frighten him or her.*
Matassa *(s.f. e m.d.)* = *Riferita ad una situazione complicata, difficile da risolvere.*	**Skein** = *Referring to a complicated situation, difficult to solve.*

Exercise 1. Answer the following questions.

(Rispondi alle seguenti domande)

1 – Come si chiama il capitano della squadra di hockey dell'Accademia militare di San Pietroburgo?

_____

2 – Come si chiama il giovane portiere della squadra di hockey dell'Accademia militare di San Pietroburgo?

_____

3 – Qual è il grado militare di Alexey?

_____

4 – Come si chiama il Generale della squadra di hockey dell'Accademia militare di San Pietroburgo?

_____

5 – Qual era l'origine del cognome del Maggiore Aleksej Robertovic Marinetto?

_____

6 – Quale Accademia militare per cadetti aveva frequentato il protagonista del romanzo?

_____

7 – A quale olimpiade di hockey aveva partecipato Generale Aleksandr Nikolaevic Govorov?

_____

8 – Quale medaglia vinse ai giochi olimpici di hockey il Generale Aleksandr Nikolaevic Govorov?

_____

9 – Come si chiama il nonno di Alexey Marinetto e quale lavoro svolgeva prima di andare in pensione?

_____

10 – Come si chiama la nonna di Alexej Marinetto?

_____

11 – Come si chiama la mamma di Alexej Marinetto?

_____

Exercise 2. Add the definite and indefinite articles.
(Aggiungi gli articoli determinativi o indeterminativi)

___'autobus era pronto sul piazzale, con ___ motore acceso, in attesa dell'arrivo ___ cadetti. Tutti furono puntuali e salirono con ordine per sedersi nei posti loro assegnati, seguiti dagli sguardi severi del Maggiore Alexej e del Generale Govorov. ___'ultimo ad arrivare fu Nikita che, come al solito, si prese ___ scappellotto dal suo comandante. Fuori ___'aria era ancora umida per ___ pioggia caduta incessantemente e tutti si misero ad osservare dai finestrini ___'imminente tramonto del sole. ___ sfera arancione stava per arrendersi alle prime luci della sera e improvvisamente sparì con ___ suo bagliore dietro enormi palazzoni grigi. Govorov prese posto accanto al suo vice allenatore e dopo alcune parole di circostanza, sul morale della squadra e ___ preparazione atletica, improvvisamente si fece serio e cambiò tono alla conversazione.

Exercise 3. Put the verbs in brackets in a suitable form (Passato remoto, Trapassato prossimo or Imperfetto Indicativo).

(Trasforma i verbi. Modo indicativo: Passato remoto, Trapassato prossimo o Imperfetto)

Con un colpo secco _____ (chiudere) dietro di sé la porta della stanza e, senza togliere l'uniforme, _____ (sedersi) al centro del letto. _____ (Sentirsi) veramente stanco, come se avesse perso tutte le energie, fisiche e mentali. Delicatamente _____ (tirare) fuori dal portafoglio alcune vecchie foto sbiadite: la prima _____ (mostrare) suo nonno che, impettito nella divisa da generale, _____ (fare) bella mostra di tutte le medaglie che _____ (meritare) in tanti anni di onorato servizio presso il KGB. _____ (Essere) in pensione da diverso tempo e _____ (vivere) in una bella casa vicino al centro di Mosca.

Exercise 4. Choose the right prepositions.
(Completa le frasi con la preposizione corretta)

Quindi si mise il pigiama e si stese ____ letto. Incrociò le mani dietro la testa e cominciò __ fissare il soffitto cercando ____ tornare ____ la memoria __ quand'era bambino. Come sempre desiderava ricordare il viso ___ suo padre o, quanto meno, ____ riascoltare la sua voce. Ma niente. Nonostante tutti gli sforzi, il nero più assorto si era impossessato ____ tempo ___ cui i genitori vivevano ancora insieme. ____ tutti i suoi venticinque anni aveva sempre sentito la mancanza ____ padre. Desiderava conoscere quell'uomo ____ tutte le sue forze ____ parlargli almeno una volta. Voleva sapere perché lo aveva abbandonato e non si era fatto più vedere e sentire _____ ultimi venti anni. ___ il tempo il mistero _____ fuga ____ padre si era trasformato in ___ pesante fardello che gli opprimeva l'anima ed il cuore.

Exercise 5. Combined pronouns - Enter the correct pronoun.

(Pronomi combinati – Inserisci il pronome corretto)

1. Quando ti daranno i biglietti? Forse _____ daranno domani.
2. Roberto ha dato la bicicletta a Paolo? Non ancora: _____ darà domani.
3. Puoi portare dei libri nuovi a Giulio? Sì, _____ porto tre domani.
4. Ragazzi, ci potete dire il vostro segreto con le ragazze? Come fate a conquistarle tutte? No, non _____ possiamo dire.
5. Quante pagine ti mancano per finire il libro? _____ mancano quindici!
6. Quanti biscotti hai dato al cane? _____ ho dati solo due!
7. Chi ci preparerà la cena questa sera? Non ti preoccupare, _____ preparerà la nonna.
8. Puoi misurarmi la pressione? Sì, _____ misuro!

Exercise 6. Combined pronouns - Enter the correct pronoun.

(Pronomi combinati – Inserisci il pronome corretto)

1. I miei genitori vorrebbero fare un viaggio: che ne dici se _____ prenotiamo uno?
2. Hai regalato i fiori a tua moglie? Sì, _____ ho regalati.
3. Devi portare le frittelle a zia Anna! _____ devi portare oggi stesso.
4. Paola ha ricevuto un bel regalo da sua madre. _____ ha spedito per posta aerea.
5. Per dolce, ci consiglia il tiramisù? - Sì, _____ consiglio.
6. Tu hai visto questo documentario? _____ puoi raccontare? -Va bene, _____ racconto.
7. Tuo figlio desidera un nuovo computer per Natale. _____ compriamo uno domani?
8. Chi comprerà la torta per il compleanno di Maria? _____ comprerà suo marito.
9. Hai lavato la macchina a tuo zio? - Si, _____ ho lavata.

Capitolo secondo

Un segreto di famiglia

«Buongiorno signor Generale... Maggiore Aleksej Marinetto a rapporto», e subito si udì nella stanza un colpo netto di tacchi che sbattevano l'uno contro l'altro sul pavimento.

«Riposo Maggiore... si accomodi pure sulla sedia», rispose il Generale Sherbakov, mentre lo <u>fissava con aria severa</u>.

«Immagino la sua sorpresa per questa convocazione inaspettata ma... Le assicuro che non è nulla di grave».

Aleksej guardò il suo comandante con viva preoccupazione, <u>aggrottando</u> le sopracciglia così com'era solito fare nei momenti di tensione.

Ma non ebbe il tempo di aprire bocca perché il comandante Sherbakov lo <u>incalzò repentinamente</u>: «Si tenga pronto a partire per domani mattina alle 6.00... un'auto di servizio l'accompagnerà all'aeroporto civile Pulkovo dove prenderà il primo aereo per Mosca».

Quindi gli **porse** un foglio e aggiunse: «Questa è la sua prenotazione. Dovrà viaggiare in abiti civili e non dovrà comunicare con nessuno. Il suo trasferimento ha carattere di massima urgenza e riservatezza. Si attenga scrupolosamente agli ordini!».

«Sì... signor Comandante», si affrettò a rispondere Aleksej, ancora incredulo per l'ordine di trasferimento appena ricevuto.

«Mosca... Mosca...», ripeteva tra sé e sé, «ma cosa ci vado a fare a Mosca... lì non conosco nessuno... non capisco... vuoi vedere che dietro tutto questo c'è lo zampino di nonno Andrej?».

Si alzò di scatto dalla sedia e **si rimise** sull'attenti.

Poi con l'espressione sempre più preoccupata si rivolse

al Comandante: «Signor Generale posso chiedere qual è la destinazione finale? L'Accademia Militare di Mosca?».

«Maggiore Marinetto…», replicò infastidito il Generale, «si attenga ai suoi ordini e non faccia più domande. All'aeroporto Domodedovo di Mosca troverà qualcuno ad attenderla. Questo è tutto!».

Aleksej <u>si congedò</u> dal suo Comandante e si diresse verso gli alloggi. Era il suo giorno libero e nessuno gli aveva ordinato di restare confinato in caserma, ma solo di presentarsi la mattina seguente in aeroporto e prendere il primo volo per Mosca. Nulla di più.

Si cambiò e in abiti civili <u>si diresse</u> verso l'uscita. Presentò i propri documenti e in un attimo raggiunse la fermata della metropolitana.

Naturalmente, prima di partire desiderava passare a salutare la mamma. Agli amici avrebbe pensato quella stessa sera, al rientro in Accademia.

Doveva mantenere un atteggiamento di assoluta riservatezza e non rivelare a nessuno il giorno della partenza e la sua destinazione. Sapeva che Maria era una donna <u>sveglia</u> e doveva fare attenzione perché anche una minima parola fuori posto avrebbe potuto insospettirla.

Durante il tragitto in metropolitana avrebbe pensato a cosa dirle. Magari poteva tirar fuori la scusa di una licenza e dire che sarebbe partito per una vacanza in compagnia della sua nuova "<u>fiamma</u>". Tutti in Accademia conoscevano le sue doti da "Casanova". Ne aveva cambiate così tante che l'annuncio di una nuova fidanzata non avrebbe sorpreso nessuno, quanto meno la mamma. Solo il prolungarsi della sua assenza avrebbe potuto insospettire amici e parenti, ma ormai sarebbe stato già lontano e al riparo da ogni domanda indiscreta.

Quindi, non aveva motivo di cui preoccuparsi.

Prese la linea due della metro e dopo poche fermate scese alla stazione di Park Pobedy.

La casa della mamma non era lontana: doveva percorrere a piedi solo poche centinaia di metri. Arrivato in Via Kosmonatov si diresse verso il portone di ferro, di colore verde bottiglia, e **digitò** il codice di accesso. Questo si aprì col rumore di uno scatto metallico. Salì i gradini due per volta, così come era solito fare fin da bambino. Aveva con sé le chiavi e non **si premurò** di bussare o di avvertire.

Maria, col tempo, si era abituata alle sue "improvvisate" e non aveva mai protestato o reagito in malo modo. Era sempre felicissima di rivedere e abbracciare il suo amatissimo figlio, il suo "piccolo Alex", come continuava ancora a chiamarlo.

Aprì la porta d'ingresso cercando di non fare rumore e, con un colpo leggero della mano, spostò anche la seconda porta che dava accesso all'interno dell'appartamento. Si appoggiò delicatamente alla maniglia e infilò la testa nel piccolo spazio, tra la porta e il muro. Prestò attenzione a qualunque suono provenisse dall'interno: desiderava fare una sorpresa alla mamma che, all'improvviso, se lo sarebbe ritrovato di fronte.

Aspettò alcuni secondi ed intuì che in casa non c'era nessuno.

Pensando che la mamma fosse uscita a fare la spesa, <u>si tolse</u> le scarpe e si diresse verso il soggiorno.

Qui ebbe un <u>sussulto</u>.

Una figura femminile sedeva sul divano, in silenzio, nella <u>penombra</u> della stanza. Sembrava quasi che pregasse. Aleksej, preoccupato, ma non per questo impaurito, accese subito la luce.

«Mamma!!», esclamò con tono sorpreso, «ma cosa ci fai sul divano… in silenzio… al buio. Stai male? Dimmi… cosa succede?».

Maria girò lentamente lo sguardo verso il figlio ma, diversamente dal solito, non gli corse incontro per abbracciarlo e con le lacrime agli occhi gli disse: «Aleksej siediti qui vicino a me. Dobbiamo parlare. È giunto il momento che tu conosca tutta la verità sulla tua famiglia. Su tuo padre… tuo nonno… e tuo fratello».

«Mio fratello…?», replicò Aleksej, come inebetito.

«Mamma… ma cosa dici … io non ho fratelli … sono figlio unico!».

Guardò il viso di Maria e vide che le lacrime adesso le uscivano copiose, così come un fiume in piena, inarrestabile.

«Si Aleksej… tu hai un fratello... non sei figlio unico. Un fratello gemello che si chiama Luca».

Prese dalla tasca una vecchia fotografia sbiadita e la mise nelle mani del figlio.

«Guarda… qui avevate tre anni. Io e tuo padre Roberto ci siamo sempre amati e ci amiamo ancora. Ma a volte le circostanze della vita sono crudeli. Dovevamo fare una scelta. Anzi siamo stati costretti a farla e… in tutto questo… c'entra tuo nonno Andrej».

Con la foto nella mano destra, tremando, Aleksej cercò di riprendersi dallo shock. Ne <u>scrutava</u> ogni dettaglio. Adesso, finalmente, conosceva la verità. Guardò con attenzione il volto di suo padre Roberto e quello di suo fratello Luca. Li poteva quasi sentire, ne <u>percepiva l'essenza</u>. Erano proprio lì, fermi, davanti ai suoi occhi. Rimase in silenzio per alcuni minuti, poi cominciò a tempestarla con mille domande.

«Mamma… come è possibile tutto questo? Perché mio padre ci ha abbandonato portandosi via mio fratello? Luca è a conoscenza che suo fratello gemello vive in Russia o anche per lui avete mantenuto questo segreto?».

Per Maria era tempo di dire tutta la verità. Le domande del figlio erano quelle a cui, da sempre, desiderava rispondere.

Cercò di calmarsi e di rilassarsi e provò a raccontare la sua storia, guardando il figlio negli occhi.

«Come sai... tuo nonno è stato un Generale del KGB... i vecchi servizi segreti russi. Al tempo in cui nascesti ricopriva un incarico importante a Mosca. Un giorno si presentò qui a San Pietroburgo... con nonna Olga... pieno di regali per i suoi due nipotini. Ci aveva espressamente chiesto di potervi conoscere personalmente e quella... fu la prima e ultima volta che vedemmo tutta la famiglia riunita».

«Fu solo dopo pranzo che... nonno Andrej... rivelò il vero motivo di quella visita: doveva **reclutare** tuo padre Roberto per i servizi di intelligence russi. Gli promise che... se si fosse messo al servizio del KGB... avrebbe garantito a tutti noi una vita tranquilla e serena... piena di **agi** e di confort. Ci avrebbero fornito una casa a Sochi... in riva al mare... dove avremmo potuto trascorrere le vacanze estive».

«Conoscevo bene tuo nonno».

«Quelle non erano semplici richieste ma veri e propri ordini. Tuo padre rifiutò quella proposta. La riteneva <u>oscena</u> e insensata. Disse che non voleva tradire i suoi ideali... il suo Paese. Non si sentiva comunista... ma si trovava in Russia solo per amore della figlia e della famiglia. **<u>Volarono parole grosse</u>**. Alla fine tuo nonno Andrej se ne andò via sbattendo la porta e senza nemmeno salutarvi. Da quel momento ebbe termine la felicità per la nostra famiglia».

Maria fece una pausa, come a visualizzare meglio i suoi ricordi, e poi riprese.

«Con tuo padre litigammo quella stessa sera».

«Gli dissi che non avevamo scelta. Dovevamo collaborare con il KGB oppure la nostra vita sarebbe stata un inferno. Ma tuo padre fu irremovibile. Non volle sentire ragioni. Quando si calmò studiammo insieme una strategia... una via d'uscita. Dovevamo attenderci una immediata reazione da parte dei vertici del KGB... sicuramente ci avrebbero spedito tutti insieme in qualche campo di lavoro in Siberia. Dovevamo proteggervi. Capisci figlio mio... l'unica soluzione possibile era la fuga... perché molto presto a tuo padre avrebbero <u>revocato</u> il visto».

«Quella sera preparammo i bagagli e ci recammo tutti insieme all'aeroporto ma... era già troppo tardi: al controllo passaporti fummo fermati e identificati. L'ufficiale della dogana ci guardò con <u>cipiglio</u> e disse... perentorio... che solo tuo padre e un figlio potevano imbarcarsi sull'aereo per Roma. Io non avrei mai potuto lasciare la Russia. Aveva ordini tassativi al riguardo. Ci lasciò solo un minuto per pensare... diversamente ci avrebbe arrestati tutti. Io e tuo padre fummo costretti a decidere in fretta. Tu tenevi stretta la mia mano mentre Luca dormiva nelle braccia di Roberto. Fu il destino a scegliere per noi. Ci abbracciamo forte e ci baciammo come se quella fosse stata la nostra ultima volta. Ed in effetti così avvenne».

Maria <u>tirò un sospiro di sollievo</u>, come se si fosse liberata di un enorme <u>macigno</u> che la opprimeva da ormai da troppo tempo.

Aleksej, che era rimasto in silenzio per tutto il tempo, prese le mani di sua madre e le strinse nelle sue. Poi con dolcezza le disse: «Ora finalmente conosco tutta la verità. Ora capisco tutto. Ho un fratello identico a me. Incredibile… e tutto così assurdo… pazzesco. Ho sempre saputo che nascondevi un grande segreto sulla nostra famiglia… ma poi e poi mai avrei immaginato tutto questo».

Aleksej abbracciò forte la mamma e cominciò a <u>coccolarla</u>, accarezzandole i lunghi e biondi capelli. Maria aveva quasi cinquant'anni ma, nonostante l'età, sembrava ancora giovane, con un bel fisico e un <u>portamento regale</u>.

Spesso il figlio si divertiva a prenderla in giro e le diceva che, da giovane, avrebbe potuto fare la modella. La mamma stava al gioco e tutto si concludeva con una sonora risata.

Adesso erano lì, insieme, in silenzio, seduti sul divano, ognuno immerso nei propri pensieri, nei ricordi.

Maria guardava il figlio con tenerezza e quello sguardo infuse nuovo coraggio ad Aleksej.

Dolcemente le sollevò la testa dal petto per poterle parlare e confidare il suo segreto: «Mamma devo dirti anch'io una cosa importante. È una questione militare ma so che di te mi posso fidare. Domani mattina presto prenderò un aereo per Mosca. Mi hanno trasferito… ma ancora non conosco l'esatta destinazione. Magari Mosca è solo una stazione di transito. Ho paura che mi mandino in qualche remota regione della Russia… forse oltre gli Urali oppure proprio in quella Siberia di cui… tu e mio padre… avevate così tanta paura».

Un <u>velo di tristezza</u> calò sullo sguardo di Maria, come se invitasse il figlio a leggere nei suoi pensieri. Non aveva un'espressione di sorpresa ma, al contrario, sembrava che conoscesse già tutto in anticipo. Quello sguardo non ammetteva <u>fraintendimenti</u> e Aleksej si rivolse alla mamma con un misto di agitazione e rassegnazione.

«Mamma… ma tu lo sapevi? Com'è possibile? Sono stato informato dal mio Comandante solo da poche ore».

«Caro Aleksej… sono pur sempre la figlia di un Generale del KGB. Cosa credi che non abbia anch'io le mie fonti d'informazione.

Io ti ho sempre protetto e ti proteggerò sempre, ovunque tu sia… ovunque tu vada. Ma non preoccuparti… la tua destinazione finale è Mosca e non la Siberia».

Poi gli sorrise e con un cenno della mano fece segno al figlio di seguirla in cucina.

«Siediti che ti preparo il tè con il miele. I tuoi biscotti

preferiti li ho appena sfornati».

Solo allora Aleksej **annusò** il forte odore dei biscotti provenire dal forno. Era un profumo che gli ricordava l'infanzia ma il **trambusto** di quella giornata sembrava che avesse spento all'improvviso il suo **senso olfattivo**.

L'atmosfera in casa si era rasserenata ed entrambi continuarono a parlare, finalmente liberi dai segreti, uno accanto all'altro.

GLOSSARIO 2

Avverbio / Adverb = avv.	*Sostantivo / Noun = s. m. (male)*
Verbo / Verb = v.	*Sostantivo / Noun = s. f. (female)*
Modo di dire / Way of saying = m.d.	*Aggettivo / Adjective = agg.*

<u>Fissare con aria severa</u> *(m.d.)* = *Guardare qualcuno/a con atteggiamento critico e serio.*	**Staring sternly** = *Looking at someone/s with a critical and serious attitude.*
<u>Aggrottare</u> *(v.)* = *Contrarre l'espressione del viso quando si vuole mostrare agli altri concentrazione, spiacere, preoccupazione, ira, o severità.*	**Frowning** = *Contracting facial expression when you want to show others concentration, displeasure, concern, anger, or severity.*
<u>Incalzare</u> *(v.)* <u>Repentinamente</u> *(avv.)* = *Nel senso di continuare a parlare velocemente senza permettere all'altro di replicare.*	**Pushing Repentantly** = *In the sense of continuing to speak quickly without allowing the other person to reply.*
<u>Porgere</u> *(v.)* = *Dare qualcosa a qualcuno.*	**To bring** = *To give something to someone.*
<u>Rimettersi</u> *(v.)* = *Nel senso di mettersi di nuovo nella stessa posizione precedente.*	**To put on again** = *In the sense of putting oneself in the same previous position again.*

<u>Congedarsi</u> *(v.)* = *Andare via.*	**To take leave** = *To go away.*
<u>Dirigersi</u> *(v.)* = *Andare verso una direzione prestabilita.*	**Heading** = *Going toward a predetermined direction.*
<u>Sveglia</u> *(agg.)* = *Riferito ad una persona molto intelligente e furba.*	**Smart** = *Referring to a very intelligent and clever person.*
<u>Fiamma</u> *(s.f.)* = *Usato per indicare una nuova fidanzata.*	**Flame** = *Used to indicate a new girlfriend.*
<u>Digitare</u> *(v.)* = *Usare le dita su una tastiera.*	**Typing** = *Using fingers on a keyboard.*
<u>Premurarsi</u> *(v.)* = *Darsi da fare con cura.*	**Pressing** = *Giving oneself over to the task with care.*
<u>Togliersi</u> *(v.)* = *Nel senso di rimuovere qualcosa da sé stesso.*	**To remove oneself** = *In the sense of removing something from oneself.*
<u>Sussulto</u> *(s.m.)* = *Movimento brusco e improvviso come reazione ad un'emozione incontrollata.*	**Wincing** = *Abrupt, sudden movement as a reaction to uncontrolled emotion.*
<u>Penombra</u> *(s.f.)* = *Una zona intermedia tra luce e ombra.*	**Penumbra** = *An intermediate zone between light and shadow.*

<u>Copioso/a</u> *(agg.)* = *Abbondante per numero o per quantità.*	**<u>Copious</u>** = *Abundant in number or quantity.*
<u>Gemello</u> *(s.m.)* = *Persone identiche nate dallo stesso parto.*	**<u>Twin</u>** = *Identical persons born of the same birth.*
<u>Scrutare</u> *(v.)* = *Guardare con attenzione qualcuno o qualcosa.*	**<u>Scrutinize</u>** = *To look carefully at someone or something.*
<u>Percepire l'essenza</u> *(m.d.)* = *Nel senso di sentire concretamente la presenza dell'altro.*	**<u>Perceiving the essence</u>** = *In the sense of concretely feeling the presence of the other.*
<u>Reclutare</u> *(v.)* = *Termine militare che indica assumere, ingaggiare qualcuno.*	**<u>Recruit</u>** = *Military term meaning to hire, engage someone.*
<u>Agio</u> *(s.m.)* = *Situazione comoda o vantaggiosa.*	**<u>Ease</u>** = *Comfortable or advantageous situation.*
<u>Osceno/a</u> *(agg.)* = *Nel senso di qualcosa che offende.*	**<u>Obscene</u>** = *In the sense of something that offends.*
<u>Volarono parole grosse</u> *(m.d.)* = *Nel senso di persone che discutono offendendosi reciprocamente.*	**<u>Big words fly</u>** = *In the sense of people arguing by offending each other.*

Revocare *(v.)* = *Annullare un provvedimento o una decisione amministrativa.*	**Revoke** = *Annul an administrative measure or decision.*
Cipiglio *(s.m.)* = *Guardare qualcuno in modo severo.*	**Frown** = *To look at someone sternly.*
Tirare un sospiro di sollievo *(m.d.)* = *Riferito alla situazione emotiva di chi ha risolto un problema e si è liberato di una preoccupazione.*	**To breathe a sigh of relief** = *Referring to the emotional situation of someone who has solved a problem and gotten rid of a worry.*
Macigno *(s.m.)* = *Nel senso figurato di un grande peso sullo stomaco.*	**Boulder** = *In the figurative sense of a great weight on the stomach.*
Coccolare *(v.)* = *Trattare qualcuno con grande tenerezza.*	**Cuddle** = *To treat someone with great tenderness.*
Portamento *(s.m.)* **regale** *(agg.)* = *Riferito a qualcuno/a che ha un atteggiamento nobile, signorile.*	**Regal bearing** = *Referring to someone who has a noble, stately attitude.*
Prendere in giro *(m.d.)* = *Scherzare con i difetti di qualcuno in modo ironico e divertente.*	**Teasing** = *Joking with someone's faults in a humorous, ironic way.*
Infondere *(v.)* = *Ispirare uno stato d'animo, generalmente positivo.*	**Infuse** = *Inspire a state of mind, usually a positive one.*

Velo di tristezza *(m.d.)* = *Riferito ad una persona che cambia espressione del viso e diventa triste.*	**Veil of sadness** = *Referring to a person who changes facial expression and becomes sad.*
Fraintendimento *(s.m.)* = *Intendere comportamenti o parole in modo non corretto, non giusto.*	**Misunderstanding** = *Meaning behaviors or words incorrectly, not rightly.*
Annusare *(v.)* = *Odorare, aspirando forte l'aria col naso.*	**Sniffing** = *Smelling, sucking in air strongly with the nose.*
Trambusto *(s.m.)* = *Confusione.*	**Bustle** = *Confusion.*
Olfatto *(s.m.)* = *Riferito a uno dei cinque sensi che serve per sentire odori.*	**Smell** = *Referring to one of the five senses that is used to smell odors.*

Exercise 7: Answer the following questions.

(Rispondi alle seguenti domande)

1 – Come si chiama il comandante dell'Accademia militare di San Pietroburgo?

_____

2 – In quale città russa viene trasferito Alexej?

_____

3 – Come si chiamano gli aeroporti, di partenza e arrivo, che dovrà utilizzare Alexej per raggiungere Mosca?

_____

4 – Come si chiama la stazione della metropolitana vicino alla quale vive la madre di Alexej?

_____

5 – Maria, la madre di Alexej, quale segretò gli confidò?

_____

6 – Come si chiama il fratello gemello di Alexej?

_____

7 – Maria, cosa mostrò al figlio per convincerlo che stava dicendo la verità?

_____

8 – Come si chiama il padre di Alexej?

_____

9 – Maria e Roberto, per quale motivo litigarono con Andrej Vladimirovic Halikov, il nonno di Alexej?

_____

_____

Exercise 8. Add the definite and indefinite articles.
(Aggiungi gli articoli determinativi o indeterminativi)

Presentò ___ propri documenti e ___ permesso di libera uscita alla guardia e in ___ attimo raggiunse ___ fermata della metropolitana. Prima di partire desiderava passare a salutare ___ mamma. Agli amici avrebbe pensato quella stessa sera, al rientro in Accademia. Doveva mantenere ___ atteggiamento di assoluta riservatezza e non rivelare a nessuno, neanche alla mamma, ___ giorno della partenza e ___ sua destinazione. Sapeva che Maria era ___ donna sveglia e doveva fare attenzione, anche ___ minima parola fuori posto avrebbe potuto insospettirla. Durante ___ tragitto in metropolitana avrebbe pensato a cosa dirle. Magari poteva tirar fuori ___ scusa di una licenza e dire che sarebbe partito per ___ vacanza in compagnia della sua nuova «fiamma». Tutti in Accademia conoscevano ___ sue doti da «Casanova».

Exercise 9. Put the verbs in brackets in a suitable form (Indicativo Imperfetto, Passato remoto, Trapassato prossimo or Congiuntivo imperfetto).

(Trasforma i verbi all'Imperfetto indicativo, Passato remoto, Trapassato prossimo o Congiuntivo imperfetto)

_____ (Salire) i gradini tre per volta, così come _____ (essere) solito fare fin da bambino. _____ (Avere) con sé le chiavi e non _____ (premurarsi) di bussare o di avvertire. Maria col tempo _____ (abituarsi) a quelle sue «improvvisate» e non _____ mai _____ (protestare) o reagito in malo modo. _____ (Essere) sempre felicissima di rivedere e abbracciare il suo amato figlio, il suo «piccolo Alex», come _____ (continuare) ancora a chiamarlo. _____ (Aprire) la porta d'ingresso cercando di fare il minimo rumore e poi, con un colpo leggero della mano, _____ (spostare) anche la seconda porta che dava accesso all'interno dell'appartamento. _____ (Appoggiarsi) delicatamente alla maniglia e _____ (infilare) la testa nel piccolo spazio, tra la porta e il muro. _____ (Prestare) attenzione a qualunque suono _____ (provenire) dall'interno: _____ (desiderare) fare una sorpresa alla mamma che all'improvviso se lo sarebbe trovato di fronte.

_____ (Aspettare) alcuni secondi ma non _____ (udire) alcun rumore.

Exercise 10. Choose the right prepositions.
(Completa le frasi con la preposizione corretta)

____ Maria era tempo ___ dire tutta la verità. Le domande ____ figlio erano quelle __ cui, ___ sempre, desiderava rispondere. Cercò ___ calmarsi e ___ rilassarsi e provò __ raccontare la sua storia guardando il figlio _____ occhi. «Come sai tuo nonno è stato un Generale ____ KGB, i vecchi servizi segreti russi. ___ tempo ___ cui nascesti ricopriva un incarico importante __ Mosca. Un giorno si presentò qui __ San Pietroburgo _____ nonna Olga, pieno ___ regali _____ i suoi due nipotini. Ci aveva espressamente chiesto ___ potervi conoscere personalmente e quella fu la prima e ultima volta che vedemmo tutta la famiglia riunita». «Fu solo dopo pranzo che nonno Andrej rivelò il vero motivo ___ quella visita: doveva reclutare tuo padre Roberto _____ i servizi ___ intelligence russi. Gli promise che, se si fosse messo ___ servizio _____ KGB, avrebbe garantito __ tutti noi una vita tranquilla e serena.

Exercise 11. Conjugate the following regular verbs in the tense Congiuntivo presente (ARE).

(Coniugare al Congiuntivo presente i seguenti verbi in -ARE)

ABITARE	
AMARE	
ASPETTARE	
ASCOLTARE	
CANTARE	
CHIAMARE	
DISEGNARE	
ENTRARE	

FUMARE	
GIOCARE	
IMPARARE	
LAVORARE	
MANGIARE	
PAGARE	
PENSARE	
VIAGGIARE	

Exercise 12. Complete the following sentences with relative pronouns: cui, chi, che.

Completare le frasi seguenti con i pronomi relativi: cui, chi e che.

1 – Questa è la canzone _____ ti ho parlato.
2 – Oggi arriva il signor Rossi _____ ha problemi economici.
3 – Questa è l'azienda _____ ho lavorato.
4 - Conosco _____ ti può aiutare.
5 – Ti presento le ragazze _____ frequentano il corso d'italiano.
6 – Il ragazzo _____ hai visto ieri sera a casa mia si chiama Giovanni.
7 – Maria è la ragazza _____ Roberto scrive sempre.
8 - _____ vuole sostenere l'esame deve compilare questo modulo della scuola.
9 – Mio padre è l'uomo _____ hanno rubato l'orologio.
10 – Il jeans _____ stai comprando è molto bello.

Capitolo terzo

Servizi segreti

L'auto <u>sobbalzò</u> e Aleksej, ancora semi addormentato per l'<u>alzataccia</u> mattutina, aprì improvvisamente gli occhi e <u>scrutò</u> fuori dal finestrino. Una pioggerellina stava liberando le sue lacrime e ogni goccia scivolava via rapidamente per far posto ai nuovi arrivi.

«Maggiore Marinetto!», esclamò l'autista, «siamo quasi arrivati in aeroporto e tra due minuti saremo all'entrata delle partenze».

Era la voce dell'attendente del Generale Sherbakov.

Aveva avuto il compito di accompagnare Aleksej a Pulkovo, addirittura con la Mercedes C220 nera del comandante. Era un grande privilegio e il Maggiore ne era consapevole ma, nonostante tutte le <u>accortezze</u>, i suoi timori per quel viaggio inaspettato rimasero inalterati.

«Grazie tenente Cjukov… si fermi pure qui a lato», rispose cortese, trattenendosi dal fare il saluto militare; poi lo congedò con una stretta di mano e un semplice grazie.

Con il suo minuscolo bagaglio si diresse in direzione del check-in per Mosca. Gli era stato ordinato di vestirsi in abiti civili e di portare con sé solo **lo stretto necessario**. E così aveva fatto. A Mosca avrebbe trovato qualcuno ad attenderlo, ma non conosceva né il suo nome né il suo grado.

«Probabilmente sarà qualche giovane attendente», pensò Aleksej, mentre disciplinatamente si metteva in **fila** con gli altri passeggeri. Era decisamente preoccupato ma doveva mascherare bene quel suo stato d'animo e comportarsi come un comune cittadino russo. In quella strana circostanza era necessario che abbandonasse la sua **proverbiale** aria marziale che, senza la divisa addosso, adesso lo faceva apparire ridicolo.

«Volo S7022 per Mosca… affrettarsi all'imbarco»,

<u>gracidò</u> una voce gentile dagli altoparlanti della sala d'aspetto.

Aleksej ancora non sospettava che quella sarebbe stata l'ultima volta che avrebbe visto la sua amata San Pietroburgo.

Gli era stato concesso troppo poco tempo e non era riuscito a salutare tutti gli amici e i compagni di hockey. Forse anche per questo si sentiva stranamente triste e vuoto.

Il volo fu breve e tranquillo, senza nessun incontro strano o particolare da segnalare. Si diresse verso l'uscita dell'aeroporto Domodedovo e si fermò davanti alla lunga fila di taxi gialli che, disciplinatamente, aspettavano l'arrivo dei clienti.

Con lo sguardo scrutò in ogni direzione ma del suo contatto <u>nemmeno l'ombra</u>.

«Il mio attendente dev'essere in ritardo», pensò Aleksej

mentre guardava impaziente l'orologio. Non poteva fare altro che aspettare perché gli era stato ordinato di non allontanarsi dall'uscita, per nessun motivo.

Improvvisamente, si accorse di un uomo che gli veniva incontro con le braccia allargate. Aveva stampato sul volto un sorriso e l'aria di chi sembrava conoscerlo da tempo.

«Aleksej… amico mio… come stai? Finalmente sei arrivato», disse lo sconosciuto con voce <u>stucchevole</u>. Lo strinse forte a sé e gli sussurrò all'orecchio: «Stai al gioco e seguimi senza fare domande… forse siamo sorvegliati».

Aleksej restò completamente immobile.

Sorpreso e incredulo per lo strano comportamento di quell'uomo, riuscì a farfugliare solo poche e incomprensibili parole: «Ma tu chi…».

Lo sconosciuto prese il piccolo bagaglio dalle sue mani e lo sistemò nel portabagagli dell'auto; quindi lo invitò a salire sul davanti e, insieme, partirono a gran velocità per destinazione ignota. Quando furono abbastanza lontani dall'aeroporto Aleksej si voltò verso l'ignoto accompagnatore e, con piglio deciso e **altero**, gli disse: «Allora… razza di idiota… mi dici cos'è questa **pagliacciata** e dove siamo diretti?».

«Maggiore Marinetto… si calmi», rispose a tono lo sconosciuto, «lasci che mi presenti. Maggiore Kostja Maksimovic Skubak… SVR di Mosca. Sono un agente dei Servizi con il compito di accompagnarla a destinazione».

Tirò fuori dalla giacca un tesserino e lo appoggiò sul cruscotto dell'auto.

Aleksej prese tra le mani il documento e cominciò ad osservarlo. Non era un esperto in **contraffazione** ma quello gli sembrava proprio originale o, quanto meno, un'ottima imitazione. Lo restituì a Skubak accompagnando il gesto con una smorfia di disapprovazione.

«Servizi segreti…?», replicò irritato, «questa dev'essere

sicuramente opera di mio nonno Andrej. Ma gli dica che deve rassegnarsi… sa benissimo che non ho nessuna simpatia per voi. Disapprovo i vostri metodi da nazisti per cui… è inutile che proviate a reclutarmi».

Poi, col tono perentorio di chi è abituato a comandare e impartire ordini, concluse: «**Accosti** e mi faccia scendere. Immediatamente!».

«Abbia pazienza ancora trenta minuti e poi tutto Le sarà tutto più chiaro», lo incalzò Skubak.

«Siamo diretti alla sede centrale dell'SVR. Il direttore Petrov in persona La sta aspettando. Lì capirà ogni cosa e avrà tutte le risposte alle domande che Le frullano in testa. Ma fino a quel momento La prego di mettersi comodo e di rilassarsi. La strada è ancora lunga e devo essere certo che nessuno ci segua fino al nostro arrivo».

Infilò la mano destra sotto il sedile di guida e rimase alcuni secondi a **frugare** come se stesse cercando qualcosa di importante, facendo comunque attenzione a non perdere di vista le auto che lo precedevano. Quando ebbe finito rimise a posto il tappetino e mostrò soddisfatto ad Aleksej un pacchetto di sigarette già aperto e pieno a metà.

«Vecchie abitudini caro collega… dure a morire… ma sto cercando di smettere di fumare. Comunque… puoi chiamarmi Kostja. Qui da noi siamo informali e prevedo che trascorreremo diverso tempo insieme nelle prossime settimane».

«Lo escludo categoricamente… collega!», lo incalzò Aleksej con ironia, «questa sera sarò già sul primo volo per San Pietroburgo. Non ho intenzione di **seguire le orme** di mio nonno e… certamente… non desidero diventare una spia. Se con questo stupido **espediente** sperava che ci cascassi allora si è sbagliato di grosso. Glielo dica pure quando lo vede».

«Vedremo…vedremo…», lo incalzò Kostja sorridendo, «ma credo che lo incontrerai molto presto… così potrai dirglielo tu… di persona… direttamente in faccia».

A quell'ora Mosca era già caotica e immersa nel traffico mattutino. Un timido sole primaverile provava a farsi strada, tra enormi nubi, con tutta la forza dei suoi raggi. Proseguirono dritti verso il centro, lungo via Tverskaja, poi svoltarono repentinamente in una delle tante stradine laterali, ma troppo velocemente perché Aleksej potesse leggerne l'indirizzo. Dopo alcune centinaia di metri l'auto si fermò nei pressi di un grande palazzone color giallo ocra, con tante finestre messe insieme una accanto all'altra e con i vetri oscurati. All'apparenza sembrava un classico edificio amministrativo, ma in realtà era la sede dell'SVR di Mosca, l'ex KGB.

«Siamo arrivati», esclamò Kostja, «per favore… seguimi senza fare scenate e ti prometto che avrai le risposte che stai cercando da tutta una vita. Qui sei al sicuro… addirittura meglio che al Cremlino».

Giunti all'ingresso Aleksej fu accolto da un imponente

<u>stemma</u> color marrone. Aveva la forma circolare con al centro una grande stella a cinque punte. Un piccolo globo blu brillava al suo interno. La scritta, in cirillico, ne annunciava pomposamente il nome - Služba Vnešnej Razvedki Rossisnoj Federazi (Servizio di Intelligence Internazionale della Federazione Russa).

Superarono il metal detector e mostrarono i documenti alle due guardie. Erano entrambi disarmati. Ricevettero i badge per accedere al settimo piano dove li aspettava il direttore Petrov. **<u>Filarono in tutta fretta</u>** verso uno dei tre ascensori e presero quello meno affollato. Giunti al piano, svoltarono alla loro sinistra e si avviarono per un lungo corridoio.

Il pavimento era di marmo massiccio, di colore bianco con piccole <u>sfumature</u> nere, e un tappeto color rosso ruggine che ne copriva il centro per tutta la sua estensione.

Aleksej notò un grande <u>andirivieni</u> di uomini e donne. Camminavano nervosamente da una parte all'altra del corridoio, entravano e uscivano da varie stanze, con in mano fascicoli e pile di documenti.

Il quel trambusto nessuno li degnò di uno sguardo né di un saluto, come se fossero stati invisibili.

«Questi sono gli uffici della Sezione I. Sono gli analisti che si occupano delle informative quotidiane per i nostri agenti all'estero. Non preoccuparti… ci farai l'abitudine. Sembra che siano immersi nel caos ma ti assicuro che… sono efficienti e super organizzati. Comunque non è qui che siamo diretti».

Con il pollice della mano destra Kostja indicò in alto, come per dire che dovevano salire ancora. Fecero pochi scalini e si ritrovarono all'ultimo piano. Alle fine si fermarono davanti ad una grande e massiccia porta di abete con la scritta «Dipartimento S. - Direttore Petrov».

Era l'ufficio del capo dei servizi segreti di tutta la Russia, il centro **nevralgico** del famigerato «Dipartimento Speciale per gli Affari Esteri».

Kostja bussò con vigore e dall'interno risuonò una voce gentile: «Avanti… prego… accomodatevi».

«Ciao Silvya», esordì sorridendo, «come vedi siamo puntuali. Immagino che il direttore Petrov ci stia aspettando».

Aleksej non poté fare a meno di notarla: era una graziosa ragazza bionda, con i capelli corti e grandi occhi marroni. Aveva un trucco leggero e pensò che potesse avere, più o meno, la sua stessa età.

Li aveva accolti con un **sorriso di circostanza**, ma il suo sguardo freddo e glaciale tradiva una certa tensione.

«Puntualissimo Kostja. Il Direttore vi sta aspettando. Entrate pure», replicò decisa Silvya, senza aggiungere altro. Aleksej diresse lo sguardo nell'angolo in alto del soffitto dov'era posizionata una piccola telecamera.

Solamente adesso intuiva perché la ragazza era rimasta seduta per tutto il tempo e non si era alzata per andare loro incontro. Aveva la mano destra ancora poggiata sulle gambe, segno <u>inequivocabile</u> che impugnasse una pistola. Dal loro arrivo al piano terra erano stati seguiti passo dopo passo dalle telecamere a circuito chiuso. In un'altra stanza, lì vicino, dovevano esserci degli altri agenti armati, pronti ad intervenire in caso di necessità, a protezione della sicurezza del loro capo.

Entrarono e si fermarono al centro della stanza.

Il direttore Fyodor Ivanovic Petrov era in piedi, girato di spalle, mentre guardava fuori dalla finestra. Era un uomo già oltre la cinquantina, della vecchia scuola del KGB. Aveva superato indenne il periodo di transizione e adesso comandava l'importante Dipartimento S dei servizi segreti russi. <u>Capelli rasati a zero</u>, occhiali da vista tondi da intellettuale, di aspetto longilineo, indossava un doppio petto grigio dal <u>taglio sartoriale</u> impeccabile.

Tutti lo rispettavano e fin dal primo sguardo sapeva incutere timore.

«Buongiorno direttore… esordì Kostja dirigendosi lentamente verso la finestra, «Le ho portato il Maggiore Marinetto… come richiesto. Nessun imprevisto da segnalare… anche se all'inizio il nostro ospite ha mostrato una qualche timida resistenza. Ma era facilmente prevedibile… considerando la segretezza della sua convocazione».

Petrov girò lentamente il capo in direzione dei nuovi arrivati con una <u>smorfia</u> di approvazione. Sembrava che fosse rimasto in piedi a lungo, probabilmente preoccupato per la lunga attesa. Poi si voltò completamente e, dopo aver spostato la sua poltrona di pelle nera, appoggiò entrambe le mani sulla grande scrivania di mogano.

«Bravo Kostja… molto bene!!», rispose con voce stranamente <u>baritonale</u>, considerata la sua minuta conformazione fisica, «ma adesso ho bisogno di restare da solo con il Maggiore. Prenditi la giornata libera. La tua missione... per oggi... è finita».

Aggrottò le sopracciglia e strinse le palpebre per squadrare meglio Aleksej. Con l'intensità del suo sguardo cercò di mettere subito a disagio il suo ospite ed attese che l'agente Skubak fosse uscito dalla stanza.

Poi, quasi a scusarsi per il comportamento intemperante del suo sottoposto, si avvicinò per stringergli la mano. La stretta fu forte e calorosa e lo invitò a sedersi di fronte a lui.

«Finalmente ci conosciamo», disse con tono sarcastico, «in tutti questi anni suo nonno non ha fatto altro che parlarmi di Lei... di suo nipote Aleksej... di tutti i suoi successi sportivi e della sua brillante carriera militare».

Aprì lentamente un fascicolo rosso che, di proposito, aveva lasciato in bella evidenza al centro della sua scrivania. All'interno vi erano diversi fogli fittamente compilati a mano, con perfetta grafia femminile, e alcune fotografie.

Aleksej intuì che doveva trattarsi del suo fascicolo personale e non fece nulla per nascondere a Petrov il suo fastidio. Era stato sbattuto su di un volo per Mosca in tutta fretta e, adesso, si trovava in presenza del capo dell'SVR.

Tutto gli appariva assurdo.

I metodi usati da Petrov non erano certamente quelli che aveva imparato ad apprezzare in Accademia. Ma lasciò che facesse la prima mossa e solo dopo avrebbe deciso se e come reagire.

«Capisco il Suo stato d'animo», disse Petrov con calma apparente, «anch'io al suo posto sarei nervoso… se fossi stato convocato all'improvviso e in tutta segretezza. Stia tranquillo perché oggi avrà tutte le risposte alle sue domande. Ma prima di iniziare mi dica cosa posso offrirle: tè… caffè… tutto quello che desidera. Magari posso farle portare un ottimo caffè espresso italiano che Lei certamente apprezzerà», concluse la frase abbozzando un sorriso di circostanza, nel **maldestro** tentativo di mettere a proprio agio quell'ospite così importante.

«No. Grazie. Ho già fatto colazione in aeroporto», ribatté asciutto Aleksej. Ormai era interessato solo a concludere rapidamente quella strana giornata e prendere il primo aereo per tornarsene a San Pietroburgo.

«Va bene... andiamo subito al sodo. Vedo che è ansioso di conoscere il motivo di questa sua inattesa visita. Le dico subito che riguarda la sua famiglia e suo fratello Luca... in particolare. Sappiamo che sua mamma Le ha già raccontato molto... ma se siamo qui è perché abbiamo bisogno del suo aiuto... della sua collaborazione... come cittadino russo e come patriota...».

«Cosa c'entra la mia famiglia con i Servizi Segreti?», lo interruppe bruscamente Aleksej.

«Se escludiamo mio nonno Andrej... non abbiamo

nessun punto di contatto tra di noi. Mia mamma mi ha parlato di quello che è successo quand'ero piccolo.

È vero... non sono figlio unico... ho un fratello gemello... ma non vedo come questo possa interessarvi. Perché volete coinvolgere mio fratello Luca?».

«Si calmi Maggiore. Mi lasci spiegare e vedrà che alla fine tutto le sarà più chiaro», lo incalzò Petrov con tono conciliante.

«Lei sa che Luca è la sua copia quasi perfetta. Siete diversi solo per un piccolo particolare: una minuscola macchiolina rossa all'interno della gamba destra di suo fratello. Per il resto siete praticamente identici. Probabilmente... oggi nemmeno i vostri genitori sarebbero in grado di distinguervi l'uno dall'altro».

Prese dal fascicolo alcune fotografie e gliele porse.

Aleksej si era sbagliato!!

Petrov non aveva tra le mani il suo fascicolo bensì quello di Luca. Le foto lo ritraevano in situazioni diverse: al parco, al Colosseo o seduto al tavolino di un bar che sorseggiava una birra. Mentre le osservava con attenzione fu colpito da un particolare: una bellissima ragazza mora, dai lunghi capelli corvini, teneva per mano Luca.

Era presente in tutte le foto, gli sorrideva teneramente e dagli sguardi <u>languidi</u> si capiva che erano intimi, probabilmente innamorati. Aleksej era felice di poter finalmente vedere il volto di suo fratello ormai adulto e questo fece <u>stemperare</u> la tensione che si era creata nella stanza.

Restituì le foto a Petrov che le richiuse nel fascicolo.

«Lei ha perfettamente ragione… io e mio fratello siamo identici. Anch'io avrei difficoltà a capire chi è l'uno e chi è l'altro».

Petrov colse al volo l'occasione e <u>rincarò la dose</u>.

«Lei sa che suo fratello vive in Italia... a Roma per la precisione... dove ha intrapreso la carriera militare... esattamente come ha fatto Lei... ma solo dall'altra parte della barricata. Quello che ancora non sa è che Luca frequenta il Nato Defence College (NDC in gergo tecnico). È un collegio militare che si occupa della formazione degli ufficiali superiori per attività di alto profilo. Tempo fa questa circostanza ha attirato la nostra attenzione. Da molto tempo <u>monitoriamo</u> suo fratello. Non lo abbiamo mai perso di vista... neppure per un attimo. La scuola è finita e tra due settimane Luca riceverà il suo primo incarico ufficiale nella Nato. Un nostro agente infiltrato ci ha informato che sarà destinato al Joint Warfare Centre (JWC) di Stavanger... in Norvegia».

«Tutto molto interessante... ma io in tutto questo cosa c'entro?», domandò perplesso Aleksej.

«Lei c'entra eccome... Maggiore!! Dovrà prendere il posto di suo fratello Luca e <u>infiltrarsi</u> nell'alto comando della Nato. È in gioco il futuro della nostra grande Nazione. Questo è quanto. Per adesso non posso riferirle altro».

Aleksej, che fino a quel momento aveva ascoltato con attenzione, si alzò in piedi di scatto e minacciò Petrov con l'indice della mano destra.

«Tutto questo è assurdo!! Io non sarò mai una spia. Dovete lasciare in pace la mia famiglia… lasciare in pace mio fratello Luca. Stiamo ancora soffrendo per il male che ci avete causato e adesso venite a chiedere il nostro aiuto? Farò un casino tale con l'Alto Comando che la smetterete… una volta per tutte… con i vostri giochetti da guerra fredda. Se ancora non l'avesse capito il comunismo è morto e sepolto. Adesso siamo una democrazia e viviamo in pace con l'occidente. Ecco… appunto… lasciateci in pace».

Aleksej si diresse a grandi passi verso l'uscita ma Petrov gli urlò dietro: «Se vuole che suo fratello Luca viva… non lasci questa stanza… e torni a sedersi. Maggiore

Marinetto… questo è un ordine!!».

Aleksej si voltò irato: «Siete proprio dei gran bastardi. In tutti questi anni non siete cambiati affatto. Voi e i vostri metodi stalinisti. Siete delle iene… **sanguisughe**».

«Si sieda Maggiore e non terrò conto delle sue offese e della Sua insubordinazione», lo riprese Petrov, cercando di mantenere la calma ed il controllo.

«Abbiamo poco tempo per organizzare tutto alla perfezione e litigare non ci aiuterà affatto. Lei deve capire che in ballo ci sono interessi enormi… che vanno al di là di me… di Lei… della sua famiglia. È in gioco la sicurezza nazionale… quella del Paese che Lei afferma di amare così tanto. È arrivato il momento di dimostrarlo!

Deve decidere da che parte stare.

Le consiglio di collaborare senza fare troppe storie e… al nostro prossimo incontro… Le rivelerò altri particolari della sua missione ma… per il momento…. segua il nostro agente che l'accompagnerà alla sua prossima destinazione».

Premette un pulsante sull'interfono e ordinò perentorio: «Agente Ratcenko… nella mia stanza!!».

La porta si spalancò ed entrò una splendida ragazza alta, mora, con lunghi capelli neri. Indossava jeans aderenti e una camicetta bianca, sbottonata strategicamente per mettere in risalto le sue forme perfette. Aleksej la riconobbe subito, l'aveva già vista.

Era la donna delle foto, quella che teneva per mano suo fratello Luca.

«Le presento l'agente Irina Borisovna Ratcenko», disse Petrov indicandola con la mano. In quel momento lo sguardo di Irina era tutto per Aleksej. Gli si avvicinò con calma per poterlo osservare meglio e gli <u>accarezzò</u> il volto dolcemente con il dorso della mano.

Quando ebbe finito si rivolse al suo capo e, con un misto di meraviglia e stupore, esclamò: «Come due gocce d'acqua.

Veramente impressionante».

«Bene signori... è tutto! Potete andare! Con Lei Aleksej ci rivedremo molto presto. Nel frattempo segua alla lettera le istruzioni dell'agente Ratcenko e tutto andrà per il meglio... per Lei e la sua famiglia».

Petrov aveva pensato bene di congedarsi dal suo ospite con un'ultima ma sottile minaccia.

GLOSSARIO 3

Avverbio / Adverb = avv.	*Sostantivo / Noun* = s. m. *(male)*
Verbo / Verb = v.	*Sostantivo / Noun* = s. f. *(female)*
Modo di dire / Way of saying = m.d.	*Aggettivo / Adjective* = agg.

Sobbalzare *(v.)* = *Riferito ai mezzi di trasporto che fanno piccoli saltelli durante il loro percorso.*	**Jumping** = *Referring to means of transportation that make small jumps as they travel.*
Alzataccia *(s.f.)* = *Alzarsi molto presto la mattina (m.d.).*	**Rising** = *Getting up very early in the morning.*
Scrutare *(v.)* = *Guardare con attenzione.*	**Scrutinize** = *To look carefully.*
Accortezza *(s.f.)* = *Precauzione.*	**Shrewdness** = *Precaution.*
Lo stretto necessario *(m.d.)* = *Nel senso di poche cose, solo quelle necessarie.*	**The bare minimum** = *In the sense of a few things, only those things that are necessary.*
Fila *(s.f.)* = *Insieme di persone disposte l'una dietro l'altra.*	**Row** = *Set of people arranged one behind the other.*
Proverbiale *(s.f.)* = *Nel senso di comportamento, abituale.*	**Proverbial** = *In the sense of behavior, habitual.*

Gracidare *(s.f.)* = *Riferito a persona che parla con voce fastidiosa e metallica.*	**Croak** = *Referring to a person who speaks in an annoying, metallic voice.*
Nemmeno l'ombra *(m.d.)* = *Riferito ad una persona che non si vede o non si presenta ad un appuntamento.*	**Not even a shadow** = *Referring to a person who is not seen or does not show up for an appointment.*
Stucchevole *(agg.)* = *Con voce fastidiosa, noiosa.*	**Cloying** = *In an annoying, boring voice.*
Altero *(agg.)* = *Comportamento di superiorità verso gli altri.*	**Haughty** = *Behavior of superiority toward others.*
Pagliacciata *(s.f.)* = *Comportamento da pagliaccio, non serio.*	**Clowning** = *Clownish behavior, not serious.*
Contraffazione *(s.f.)* = *Falsificare, imitare un oggetto.*	**Counterfeiting** = *Forgery, imitating an object.*
Accostare *(v.)* = *Fermare l'auto a lato della strada.*	**Pull over** = *To stop the car at the side of the road.*
Frugare *(v.)* = *Cercare qualcosa spostando gli oggetti confusamente, di qua e di là.*	**Rummaging** = *Looking for something by moving objects confusedly, this way and that.*
Seguire le orme *(m.d.)* = *Imitare qualcuno, emularlo, ispirarsi a lui.*	**Following footsteps** = *Imitating someone, emulating them, being inspired by them.*

Espediente *(agg.)* = *Rimedio per risolvere provvisoriamente una difficoltà.*	**Expedient** = *Remedy to temporarily solve a difficulty.*
Stemma *(s.m.)* = *Emblema che rappresenta un ente o una società.*	**Coat of arms** = *An emblem representing an entity or corporation.*
Filare in tutta fretta *(m.d.)* = *Spostarsi molto velocemente da un posto.*	**Get away fast** = *Moving very quickly from one place.*
Sfumatura *(s.f.)* = *Variazione della tonalità di un colore.*	**Shade** = *Variation in the hue of a color.*
Andirivieni *(s.m.)* = *Il continuo andare e venire di varie persone nello stesso luogo.*	**Coming and going** = *The continuous coming and going of various people in the same place.*
Nevralgico *(agg.)* = *Riferito al luogo principale, al più importante.*	**Neuralgic** = *Referring to the main, most important place.*
Sorriso di circostanza *(m.d.)* = *Sorriso non sincero ma adattato alla circostanza, alla situazione.*	**Circumstantial smile** = *A smile not sincere but adapted to the circumstance, the situation.*
Inequivocabile *(agg.)* = *Comportamento che esclude dubbio, incertezza.*	**Inequivocal** = *Behavior that excludes doubt, uncertainty.*
Capelli rasati a zero *(m.d.)* = *Tagliare completamente i capelli.*	**Clean-shaven hair** = *Cutting the hair completely.*

Taglio *(s.m.)* **sartoriale** *(agg.)* = Riferito ad un abito realizzato a mano, artigianalmente.	**Sartorial cut** = *Referring to a garment made by hand, by craftsmanship.*
Smorfia *(s.f.)* = *Movimento della bocca per esprimere sensazioni sgradevoli o dolorose.*	**Grimace** = *Movement of the mouth to express unpleasant or painful feelings.*
Baritonale *(agg.)* = *Voce profonda e bassa.*	**Baritonal** = *Deep, low voice.*
Palpebra *(s.f.)* = *In anatomia è la porzione di pelle che ricopre l'occhio.*	**Eyelid** = *In anatomy, it is the portion of skin that covers the eye.*
Intemperante *(agg.)* = *Riferito a persona che manca di autocontrollo.*	**Intemperate** = *Referring to a person who lacks self-control.*
Fittamente *(avv.)* = *In modo compatto, denso.*	**Fitfully** = *In a compact, dense way.*
Maldestro *(agg.)* = *Mancanza di abilità nel fare o dire qualcosa.*	**Clumsy** = *Lacking skill in doing or saying something.*
Languido *(agg.)* = *Riferito a chi ha uno sguardo tenero e sensuale.*	**Languid** = *Referred to one who has a tender, sensual look.*
Stemperare *(v.)* = *Attenuare, moderare.*	**Stemper** = *To tone down, moderate.*
Rincarare la dose *(m.d.)* = *aggravare, con ulteriori parole, un danno o un dispiacere già arrecati.*	**To add to the dose** = *To aggravate, with further words, a harm or displeasure already done.*

Monitorare *(v.) = Controllare.*	**Monitor** *= To control.*
Infiltrarsi *(v.) = Riferito a chi riesce, con abilità, ad introdursi in un gruppo senza far scoprire la propria identità.*	**Infiltrate** *= Referring to one who manages, with skill, to break into a group without having his or her identity revealed.*
Sanguisuga *(s.f.) = Nel senso di disprezzo. Riferito a persona della cui presenza fastidiosa è impossibile liberarsi.*	**Bleed** *= In the sense of contempt. Referred to a person whose annoying presence is impossible to get rid of.*
Accarezzare *(v.) = Sfiorare con carezze qualcuno, teneramente con la mano.*	**To caress** *= To brush someone with caresses, tenderly with the hand.*

Exercise 13. Answer the following questions.

(Rispondi alle seguenti domande)

1 – Con quale autovettura il Maggiore Marinetto arriva all'aeroporto Pulkovo di San Pietroburgo?

_____

2 – Come si chiama il tenente che accompagna Alexej all'aeroporto Pulkovo?

_____

3 – Come si chiama il Maggiore dei servizi segreti (SVR) che va a prendere Alexej all'aeroporto Domodedovo?

_____

4 – Come si chiama il direttore del Dipartimento S a capo dei servizi segreti russi (SVR)?

_____

5 – Come si chiama la segretaria del direttore Petrov?

_____

6 – Descrivi il direttore Petrov al momento dell'incontro con Alexej?

_____

_____

7 – Il direttore Petrov cosa prese dal fascicolo?

_____

8 – Come si chiama il collegio militare che Luca frequenta a Roma?

_____

9 – Dove verrà inviato Luca alla fine del suo addestramento presso la Nato Defence College di Roma?

_____

10 – Come si chiama l'agente donna dei servizi segreti russi che dovrà occuparsi di Alexej?

_____

Exercise 14. Add the definite and indefinite articles.
(Aggiungi gli articoli determinativi o indeterminativi)

___ volo fu breve e tranquillo, senza nessun incontro strano o particolare da segnalare. Si diresse verso l'uscita dell'aeroporto Domodedovo e si fermò davanti alla lunga fila di taxi gialli che, disciplinatamente, aspettavano __'arrivo dei clienti. Con ___ sguardo scrutò in ogni direzione ma del suo contatto nemmeno __'ombra.

«___ mio attendente dev'essere in ritardo» pensò Aleksej mentre guardava impaziente __'orologio. Non poteva fare altro che aspettare perché gli era stato ordinato di non allontanarsi dall'uscita, per nessun motivo.

Improvvisamente, si accorse di ___ uomo che gli veniva incontro con ___ braccia allargate. Aveva stampato sul volto ___ sorriso e __'aria di chi sembrava conoscerlo da tempo.

Exercise 15. Put the verbs in brackets in a suitable form (Condizionale presente, Imperativo, Imperfetto indicativo or passato remoto).

(Trasforma i verbi al Condizionale presente, Imperativo, Imperfetto indicativo oppure Passato remoto)

Aleksej _____ (prendere) tra le mani il documento e _____ (cominciare) ad osservarlo. Non _____ (essere) un esperto in contraffazione ma quello gli _____ (sembrare) proprio originale o, quanto meno, un'ottima imitazione.

Lo _____ (restituire) a Skubak accompagnando il gesto con una smorfia di disapprovazione. «Servizi segreti...?», _____ (replicare) irritato, «questa dev'essere sicuramente opera di mio nonno Andrej. Ma gli _____ (dire) che deve rassegnarsi perché sa benissimo che non ho nessuna simpatia per voi.

_____ (Disapprovare) i vostri metodi da nazisti per cui è inutile che _____ (provare) a reclutarmi.» Poi, col tono perentorio di chi è abituato a comandare e impartire ordini, concluse: «_____ (Accostare) e mi faccia scendere. Immediatamente.» «_____ (Avere) pazienza ancora per trenta minuti e poi tutto Le sarà più chiaro» lo _____ (incalzare) Skubak.

Exercise 16. Choose the right prepositions.

(Completa le frasi con la preposizione corretta)

___ quell'ora Mosca era già caotica e immersa ___ traffico mattutino. Un timido sole primaverile provava ___ farsi strada, ___ enormi nubi, ___ tutta la forza ___ suoi raggi. Proseguirono dritti verso il centro, lungo via Tverskaja, poi svoltarono repentinamente ___ una delle tante stradine laterali, ma troppo velocemente perché Aleksej potesse leggerne l'indirizzo. Dopo alcune centinaia ___ metri l'auto si fermò ___ pressi ___ un grande palazzone color giallo ocra, ___ tante finestre messe insieme una accanto ___ 'altra e ___ i vetri oscurati.
Giunti ___ 'ingresso Aleksej fu accolto ___ un imponente stemma color marrone. Aveva la forma circolare ___ al centro una grande stella ___ cinque punte. Un piccolo globo blu brillante ___ suo interno. Superarono il metal detector e mostrarono i documenti ___ due guardie. Ricevettero i badge ___ accedere ___ settimo piano, lì dove si trovava il direttore Petrov.
Filarono ___ tutta fretta verso uno ___ tre ascensori e presero quello meno affollato. Giunti ___ piano, svoltarono ___ loro sinistra e si avviarono ___ un lungo corridoio.

Exercise 17. Complete the sentences with the correct Indefinite Adjective. Choose.

(Completa le frasi con l'*Aggettivo Indefinito* corretto. Scegli)

1. Tra **altri/pochi** giorni partiremo per le vacanze!
2. Olga non desidera una casa **qualche/qualunque** ma vuole una villa con piscina!
3. Da **qualche/qualsiasi** anno studio italiano all'università.
4. A Natale non abbiamo ricevuto **alcun/ogni/qualche** regalo!
5. **Alcuna/Qualunque/Ogni** mattina leggiamo il giornale.
6. Sono stata a Venezia solo **alcune/qualunque** volte.
7. Roberto ha **qualunque/tanti/nessun** libri di storia.
8. Dopo la festa **ogni/tutto/nessun** l'appartamento era in disordine.
9. **Ogni/Tutti/Parecchi** ragazzi possiedono un Iphone.

Exercise 18. Complete sentences with combined pronouns and the NE partitive.

(Completa le frasi con i pronomi combinati e il NE partitivo)

1. Ti offro un caffè? – No, oggi _____ offro io.
2. Quante fette di torta hai mangiato? _____ ho mangiate due.
3. Mi servono cento euri. _____ presti?
4. Non conosco il numero di telefonino di quella ragazza. Non _____ ha dato dopo la discoteca.
5. La tua nuova ragazza è proprio bella e intelligente. Perché non _____ avevi parlato prima?
6. Per favore, mi passi quel giornale? _____ passo subito.
7. Ho ordinato una pizza ma il cameriere _____ ha portata solo dopo un'ora.
8. Se ti piacciono gli gnocchi _____ preparo subito un piatto.

Capitolo quarto

Il Covo

Usciti dalla stanza Petrov ripose il fascicolo di Luca in un cassetto che chiuse subito a chiave. Poi si diresse verso la libreria, prese un voluminoso libro, lo aprì e dal suo interno estrasse una piccola bottiglia di vodka e un bicchierino di vetro. Quindi si sedette nuovamente alla scrivania affondando nella sua grossa sedia direzionale di pelle nera. Prima si versò da bere e poi chiamò Silvya con l'<u>interfono</u>.

«Contatti il Generale Sherbakov su una linea sicura», le ordinò categorico.

«Buonasera Generale Sherbakov. Sono Petrov. Come sta?».

«Molto bene Petrov. Allora… mi dica… l'operazione Bruxelles procede?».

«Sì... Generale. Il Maggiore Marinetto è andato via da poco. Collaborerà senz'altro. Ha capito di non avere alternative. Sa benissimo che è a rischio la propria vita e quella di tutta la sua famiglia. Ho cercato di <u>far leva</u> sul suo senso del dovere... sull'onore... sulla Patria... ma la sua reazione è stata esattamente come mi aveva prospettato. Il Maggiore è molto sveglio e furbo e dobbiamo fare molta attenzione. Ma non abbiamo più molto tempo e... in questa operazione... possiamo servirci soltanto di lui. Purtroppo il fratello Luca <u>si ostina</u> a non voler collaborare. È un <u>testardo</u> figlio di puttana... così come l'altro membro della sua famiglia... e Lei sa benissimo a chi mi sto riferendo: il Generale Andrej Vladimirovic Halikov».

«Sì... Petrov... so benissimo che questo è un grosso rischio... ma Andrej è un vecchio amico di Accademia e si è detto entusiasta di collaborare con Lei e la sua squadra per ammorbidire l'<u>irruenza</u> di entrambi i nipoti. Ma è una vecchia volpe e conosce tutti <u>i trucchi del mestiere</u>.

Va tenuto costantemente sotto sorveglianza... così come sua figlia Maria. Comunque... Andrej è una persona concreta e va lusingato con promesse credibili. Lo faccia sentire coinvolto... importante... ma lo tenga lontano dal cuore della missione».

«Generale... sappiamo da fonte certa che... alla Nato... stanno facendo pressione per avere al più presto la nuova arma a radiazione elettromagnetica. Desiderano sperimentarla simulando un attacco in forze. Non sappiamo esattamente quando questo accadrà... ma comprende benissimo che non abbiamo tempo per usare i soliti metodi tradizionali con la famiglia Marinetto. Dovrà essere tutto pronto il giorno in cui inizieranno le esercitazioni della Nato. Quest'arma dovrà cadere nelle nostre mani oppure essere distrutta. Purtroppo stiamo lavorando molto in fretta.... troppo in fretta anche per i nostri standard».

«Petrov... Lei sa benissimo che dalla riuscita di questa

operazione dipende la sicurezza e il futuro della nostra nazione. Se fallirà metterà a rischio non solo le nostre carriere e le nostre vite… ma la pace del mondo intero. Si ricordi che il Comitato non esiterà a prendere decisioni **drastiche** se si sentirà minacciato. Il fallimento è inammissibile… inaccettabile!!».

«Sono d'accordo con Lei… Generale. Da questo momento ha ufficialmente inizio l'Operazione Bruxelles. La terrò costantemente aggiornato sugli sviluppi della missione. Se sarà necessario Le chiederò di intervenire personalmente con il Maggiore Marinetto. Lui **si fida ciecamente** di Lei. È il suo comandante e con la sua autorità potrà riportarlo alla ragione».

«Petrov… prevede che il Maggiore Marinetto potrà darci seri problemi?».

«Non lo so Generale. Non è devoto alla causa e alla Patria… ma solo alla sua famiglia. Ho la netta sensazione che tra i due fratelli esista ancora un forte legame…

nonostante la lontananza degli ultimi venti anni. Lei sa cosa si dice sui <u>gemelli monozigoti</u>. Una singola cellula viene <u>fecondata</u> e nascono figli dello stesso sesso e praticamente <u>identici</u>. Un vero scherzo della natura… estremamente raro. Io credo che i due fratelli si percepiscano l'un l'altro… subiscono una sorta di attrazione psichica».

«Quando saranno entrambi a Sochi… a pochi chilometri l'uno dall'altro… penso che questa loro <u>percezione</u> si <u>amplierà</u> enormemente. Sarà come se avessero dei super poteri».

«D'accordo Petrov. Ma cerchi di coinvolgermi solo se strettamente necessario per la riuscita della missione. Il Comitato non approva che i suoi membri <u>si espongano</u> troppo. Il rischio di essere scoperti è troppo alto e non ho nessuna voglia di morire… almeno non così presto».

«Certo sig. Generale. Ho capito. La contatterò solamente in caso di estrema necessità».

«La saluto Petrov. La prossima volta che ci incontreremo sarà solo per festeggiare. La inviterò qui a San Pietroburgo nel miglior ristorante della città. Ma si ricordi bene... la parola fallimento non è contemplata nel nostro vocabolario. Non ci sarà concessa una seconda possibilità».

«La saluto Generale...».

Petrov chiuse la conversazione appoggiando lentamente la cornetta sul ricevitore. Rimase qualche istante con la testa tra le mani, estremamente pensieroso.

La tensione e lo stress lo stavano uccidendo.

Si allentò il nodo della cravatta e <ins>ingurgitò</ins> rapidamente il piccolo bicchiere di vodka che aveva precedentemente riempito. Sapeva di non poter perdere altro tempo e, come se fosse stato morso da una <ins>tarantola</ins>, premette repentinamente il pulsante dell'interfono.

«Silvya... contatti Skubak... immediatamente».

Aleksej non poté fare altro che seguire in ascensore la sua bella collega, ma mille pensieri gli affollavano la mente. Aveva ottenuto solo una parziale spiegazione da parte di Petrov e questo non aveva fatto altro che <u>accrescere</u> i suoi dubbi. La sua famiglia era seriamente in pericolo, compresa sua mamma Maria.

Prima di arrivare al parcheggio pensò di contattare telefonicamente suo nonno Andrej, cercando di non farsi scoprire, ma la sua nuova amica lo <u>guardava a vista</u> e lo controllava molto da vicino. Era sicuro che solo il nonno sarebbe stato in grado di mettere fine a quel terribile incubo. Avrebbe <u>escogitato</u> qualcosa in seguito, ma adesso aveva solo bisogno di un po' di riposo per <u>rimettersi in sesto</u>.

Salirono a bordo di una Porche Carrera 911 nera, con i sedili in pelle rossa.

Irina lo fissò negli occhi con atteggiamento di sfida: «Che hai da guardare… cosa credi… che una donna non sappia guidare un bolide come questo?».

Il motore urlò tutta la sua potenza, poi l'auto ebbe un sussulto e partì come un razzo sgommando sull'asfalto e lasciando profonde strisce di pneumatici. Irina guidò spericolatamente per le vie del centro, sorpassando e zigzagando come un pilota esperto. Ad intervalli regolari si voltava verso Aleksej guardandolo con aria soddisfatta.

«Come vedi… caro collega… in Accademia riceviamo un addestramento di prim'ordine. La mia specialità… tra le altre cose… è la guida veloce. Ma ho tante altre qualità che scoprirai molto presto».

«Non ne dubito», rispose sarcastico Aleksej, cercando di mantenere un contegno imperturbabile per dimostrarle che non aveva paura, mentre con lo sguardo incollato alla strada ripeteva, tra sé e sé, «fottiti tu e la tua Porche».

Si allontanarono dal centro di Mosca e si diressero verso l'aperta campagna.

Dopo alcune ore di viaggio l'auto imboccò una strada sterrata. Percorsero ancora pochi chilometri ad andatura più lenta finché giunsero nei pressi di un enorme portone in ferro battuto, di colore verde scuro. Dall'esterno non si riusciva a vedere granché perché la vista era impedita da un poderoso muro di cinta, sormontato da filo spinato e telecamere di sicurezza. Al cancello furono fermati da due uomini in borghese armati di kalashnikov. Ordinarono ad entrambi di abbassare i finestrini dell'auto e chiesero i loro documenti.

«Grigory... ti muovi! Fai aprire questo stupido cancello o dobbiamo stare qui tutta la notte?», gli urlò Irina con tono beffardo.

«Sei la solita stronza!», rispose la guardia, facendo un cenno con la mano verso la telecamera in alto.

Il cancello si spalancò magicamente, come se una mano invisibile avesse premuto un bottone. Irina, agitata e impaziente per quell'attesa imprevista, prima che fosse completamente aperto, premette violentemente il piede sull'acceleratore. L'auto si avviò velocemente verso l'interno, sollevando una grossa nuvola di polvere che investì e colorò di bianco i due poveretti fermi all'entrata. Grigory e il suo collega non poterono fare altro che <u>guardare in cagnesco</u> l'auto che si allontanava nel viale.

Ormai era già quasi buio e centinaia di piccole luci illuminavano lo splendido parco che l'auto stava attraversando rapidamente, come un coltello nel burro. Mentre proseguivano lo sguardo di Aleksej fu attratto dall'imponente struttura che <u>si stagliava</u> in fondo alla strada.

«Bello vero?», domandò Irina <u>sporgendosi</u> con la testa fuori dal finestrino dell'auto.

«Lo senti questo profumo? Non è magnifico? La primavera... la mia stagione preferita. Non vedo l'ora di tornare a Roma per tuffarmi di notte nella fontana di Trevi o per mangiare un gelato a Trinità dei Monti... seduta sulla scalinata di Piazza di Spagna».

Aleksej la guardò divertito e, indicandole con il dito la direzione, le chiese: «Cos'è quello? È un castello ottocentesco? A chi apparteneva?».

«Domande... sempre domande... per quello che ne so era una vecchia residenza degli zar... probabilmente <u>requisita</u> ai tempi della rivoluzione bolscevica e poi messa a disposizione dell'SVR... che qui ha realizzato la sua Accademia. Ma non farti abbagliare dalla sua bellezza... noi questo posto lo chiamiamo il Covo».

Sorrise soddisfatta, intuendo di aver risposto in modo brillante.

«Il Covo?», replicò Aleksej, «perché questo strano nome?».

«Non lo so perché gli hanno dato questo nome. C'era già prima che arrivassi e fossi reclutata nell'SVR. Probabilmente è stato creato e voluto come rifugio segreto.

Il posto dov'è possibile ideare e organizzare attività illecite che in qualunque altra parte della Russia sarebbero **perseguite**. Comunque… resteremo qui solo una settimana e sarò io stessa ad addestrarti e prepararti per la missione in Italia. Ti trasformerò in una perfetta spia».

All'improvviso si mise a ridere come se pregustasse i tormenti che avrebbe inferto alla sua nuova vittima.

«Immagino che non mi libererò facilmente di te», commentò ironicamente Aleksej, sempre più pensieroso e preoccupato per l'evolversi della situazione.

«Puoi ben dirlo… mio caro collega… puoi ben dirlo», replicò strafottente Irina.

La Porche si fermò davanti all'ingresso del castello con uno **stridere di freni** sulla ghiaia. Altre due guardie armate erano posizionate ai lati della splendida scalinata che li avrebbe condotti all'interno. Entrarono e si avviarono verso un grande salone dove sembrava che il tempo si fosse fermato. Tutto profumava d'antico: dal pavimento di legno, ai quadri, al mobilio, ai lampadari.

«Bellissimo questo posto», esclamò Aleksej, «non si direbbe proprio un covo di spie».

Irina non lo <u>degnò di uno sguardo</u> perché la sua attenzione adesso era rivolta verso Kostja Skubak, che veniva loro incontro dalla direzione opposta.

«Ciao Irina... Maggiore... finalmente siete arrivati. Collega per oggi il tuo compito è finito. Da qui in poi mi occuperò personalmente del Maggiore Marinetto. Questi sono gli ordini di Petrov. Sei libera di andare».

Irina, stranamente, si congedò dai due senza dire una parola e si allontanò <u>irosa</u> sbattendo, con notevole frastuono, i piedi sul pavimento. Le sue scarpe, con tacco da dodici, più che un accessorio di abbigliamento sembravano un'arma micidiale, se e quando fosse stata costretta ad usarle.

Aleksej la seguì con lo sguardo fin dove poté.

Camminava <u>sinuosa</u> nei suoi jeans attillati e pensò che avesse uno splendido corpo. Ma era pur sempre una spia e di quelle temibili. Da un momento all'altro poteva trasformarsi in un cobra reale, di quelli che quando mordono non ti lasciano scampo. Per questo motivo decise che, probabilmente, sarebbe stato più <u>saggio e salutare starle alla larga</u>.

Skubak si dimostrò insolitamente gentile e <u>affettato</u>.

Si comportò come se avesse ricevuto ordini perentori e precisi dall'alto. Era l'ospite più importante del "Covo" e doveva trattarlo con ogni riguardo, però senza perderlo di vista nemmeno un istante. In caso di guai seri le conseguenze sarebbero state disastrose per la sua carriera di spia.

Salirono al primo piano dove ad Aleksej fu riservata una bellissima suite.

«Spero tu sia contento della sistemazione. Sai... si sussurra che la zarina Caterina ricevesse i suoi amanti proprio in questa camera».

«È tutto splendido. Grazie. Tranne per la guardia armata alla porta. Ma capisco che dobbiate essere prudenti... in fondo sono l'ultimo arrivato e devo ancora conquistarmi la fiducia del capo».

Skubak lo guardò divertito. Lo conosceva da troppo poco tempo ma capiva che in quelle frasi c'era una <u>sottile vena d'ironia</u>. L'esperienza gli consigliava, comunque, di diffidare del Maggiore. **A pelle** non gli piaceva affatto e poi aveva quell'aria da furbetto, un po' troppo per i suoi gusti. Sapeva che prima o poi, in un modo o nell'altro, avrebbe <u>regolato con lui tutti i conti</u>.

«Aleksej... ti consiglio di riposare un po'. Come puoi vedere... sul letto ci sono tutte le tue cose... quello è il bagno con tanto di vasca e doccia. Qualcuno verrà ad avvertirti quando sarà il momento della cena».

Skubak lo salutò frettolosamente e si dileguò fuori dalla stanza come se qualcuno lo stesse aspettando da qualche altra parte.

Aleksej non ebbe neppure il tempo di sistemare il contenuto della sua piccola valigia quando sentì bussare alla porta.

«Toc toc. Posso entrare?».

Una voce suadente reclamava il suo **diritto d'accesso**.

«Entra pure... Irina», rispose con tono seccato Aleksej, «sono ancora vestito. Non temere».

«Ciao Aleksej o dovrei chiamarti Luca», disse ironicamente mostrando il suo splendido sorriso.

«Ti ho portato la cena. Servizio in camera. Non conosco ancora i tuoi **gusti culinari** e così ho messo insieme un po' di tutto. Ho qui anche il dessert e un buonissimo spumante italiano. Dovrai cominciare a godere dei piaceri della vita...

nelle tue <u>vene</u> scorre pur sempre sangue italiano».

Appoggiò il vassoio sul tavolo vicino alla finestra e cercò di avvicinarsi ad Aleksej che era rimasto immobile, in piedi, al lato del letto.

«Non sono dell'umore adatto per festeggiare e… comunque… non ho fame. Se sei venuta fin qui per sedurmi… allora puoi **girare i tacchi** e tornare da dove sei venuta», replicò contrariato.

«Ehi… ma che modi. In Accademia non ti hanno insegnato ad essere gentile con l'altro sesso? Volevo solo esserti amica… ma adesso capisco di aver commesso un tremendo errore. Comunque… che ti piaccia o no… nei prossimi mesi dovremo condividere molte cose insieme… compreso lo stesso letto. Dovrai farci l'abitudine. Ho poco tempo per farti diventare il perfetto sostituto di Luca. Dovrai essere credibile…. se non vorrai farti scoprire e ammazzare immediatamente».

Lo guardò con disprezzo e si avviò verso l'uscita. Afferrò la maniglia della porta con vigore ma prima di aprirla si voltò e con l'aria di chi è stata offesa a morte disse: «Luca si è sempre comportato come un vero gentleman. Ma a letto era un insaziabile amante».

Aleksej capì di avere esagerato. Era appena arrivato e non voleva farsi troppi nemici nell'SVR. Se era in cerca di un alleato quello poteva essere solo Irina, almeno per il momento. Le si avvicinò e la prese delicatamente per un braccio, cercando di fermarla.

«Aspetta Irina… non andare via. Non volevo essere scortese. Ma è stato un giorno molto difficile per me. In queste ultime ore sono successe così tante cose che… mi sento ancora frastornato. Cerca di perdonare i miei <u>modi da villano</u>».

Irina richiuse la porta dietro di sé e <u>ritornò sui propri passi</u>.

«Finalmente... vedo che cominci a capire. Qui sei tra amici... mentre tu vedi solo nemici e complotti. Tutti noi siamo qui per servire la nostra Patria...».

Non ebbe il tempo di finire la frase che Aleksej la interruppe.

«Per chi mi hai preso... per <u>lo scemo del villaggio</u>? Fammi un favore: non imitare Petrov che... prima parla di alti ideali e poi minaccia di morte me e la mia famiglia. Irina... non fraintendermi. Tu sei una ragazza molto bella ma.... non sei certamente il tipo di donna da sposare. Voglio essere tuo amico... ma solo ad una condizione: che saremo sempre sinceri... almeno nei limiti consentiti dal nostro ruolo di spia. Intanto... potresti cominciare ad ottenere la mia fiducia rivelandomi... per esempio... dove si trova adesso mio fratello Luca».

Irina lo guardò perplesso, ma pensò di aver fatto finalmente <u>breccia nel cuore</u> del Maggiore.

Con fare conciliante si avvicinò ad Aleksej e quando i loro visi furono molto vicini gli disse sottovoce: «Ma non sai pensare ad altro che a fare domande? Perché non ci rilassiamo insieme e beviamo questo splendido vino italiano. L'ho portato direttamente dall'Italia e conservato per aprirlo in un'occasione speciale. Questo mi sembra il momento adatto per fare la nostra conoscenza in maniera… diciamo… più approfondita».

Allungò la mano verso il tavolo e dal cestello prese la bottiglia di spumante. Sul pavimento caddero copiose goccioline d'acqua: era il ghiaccio che cominciava a sciogliersi mentre la temperatura nella stanza diventava sempre più bollente.

Aleksej pensò che avrebbe fatto meglio ad assecondarla. Quello era l'unico modo per riuscire ad ottenere qualche informazione interessante.

<u>Brancolava</u> ancora <u>nel buio</u> e non conosceva quasi nulla della missione che, di lì a poco, gli avrebbero affidato.

Fino a quel momento Petrov gli aveva parlato solo di Roma e Bruxelles, per di più superficialmente. L'unica cosa certa era che doveva prendere il posto di suo fratello Luca. Nulla di più. Da Irina avrebbe potuto conoscere altri particolari interessanti e, in fondo, andarci a letto, non sarebbe stato un così grande sacrificio.

Irina e Aleksej, quella stessa notte, fecero all'amore più volte, sempre con passione e con trasporto, e alla fine si addormentarono sfiniti, uno nelle braccia dell'altro.

GLOSSARIO 4

Avverbio / Adverb = avv.	*Sostantivo / Noun = s. m. (male)*
Verbo / Verb = v.	*Sostantivo / Noun = s. f. (female)*
Modo di dire / Way of saying = m.d.	*Aggettivo / Adjective = agg.*

Interfono *(s.m.)* = *Dispositivo per le comunicazioni a viva voce a piccola distanza.*	**Interphone** = *A device for hands-free communication at a small distance.*
Fare leva su qualcuno *(m.d.)* = *Utilizzare i sentimenti di qualcuno a proprio vantaggio.*	**Leverage** = *To use someone's feelings to one's own advantage.*
Ostinarsi *(v.)* = *Riferito all'atteggiamento di chi non cambia idea.*	**Persistent** = *Referring to the attitude of someone who does not change his or her mind.*
Testardo *(s.m.)* = *Riferito all'atteggiamento di chi non ascolta i consigli degli altri.*	**Stubborn** = *Referring to the attitude of one who does not listen to the advice of others.*
Irruenza *(s.f.)* = *Riferito all'atteggiamento di chi agisce in modo impulsivo e incontrollato.*	**Impetuousness** = *Referred to the attitude of one who acts impulsively and uncontrollably.*
Trucchi del mestiere *(m.d.)* = *Riferito a chi è bravo ad utilizzare i trucchi per risolvere le difficoltà che si presentano nella sua attività.*	**Tricks of the trade** = *Referring to those who are good at using tricks to solve difficulties that arise in their business.*

Lusingare *(v.) = Cercare di convincere qualcuno, con complimenti e modi di fare gentili.*	**Flattering** *= Trying to convince someone, with compliments and polite manners.*
Radiazione *(s.f.)* **elettromagnetica** *(agg.) = In fisica è riferita a campi elettromagnetici che si propagano nello spazio.*	**Electromagnetic radiation** *= In physics refers to electromagnetic fields that propagate in space.*
Cadere nelle mani di qualcuno *(m.d.) = Cadere sotto il controllo, trovarsi in potere di qualcun altro.*	**Falling into the hands of someone** *= Falling under the control, being in the power of someone else.*
Drastiche *(agg.) = Misure energiche che producono risultati immediati e concreti.*	**Drastic** *= Vigorous measures that produce immediate and concrete results.*
Fidarsi ciecamente *(m.d.) = Riferito a chi ha fiducia in un'altra persona senza avere alcun dubbio.*	**Blindly trusting** *= Referring to someone who trusts another person without having any doubts.*
Gemelli *(s.m.)* **monozigoti** *(agg.) = Sono gemelli identici che derivano da una singola cellula uovo fecondata da un unico spermatozoo.*	**Monozygotic twins** *= These are identical twins that result from a single egg cell fertilized by a single sperm.*
Fecondare *(v.) = Processo tipico della riproduzione sessuale.*	**Fertilize** *= A process typical of sexual reproduction.*
Identico/a *(v.) = Perfettamente uguale.*	**Identical** *= Perfectly equal.*

Percezione *(s.f.) = Intuizione. Elaborazione mentale attraverso i sensi della realtà esterna.*	**Perception** = *Intuition. Mental processing through the senses of external reality.*
Ampliare *(v.) = Allargare, ingrandire.*	**Widen** = *Enlarge, enlarge.*
Esporsi *(v.) = Mettersi in mostra, apparire in pubblico.*	**Expose** = *Put oneself on display, appear in public.*
Ingurgitare *(v.) = Bere in fretta e con avidità.*	**Swallow** = *Drink quickly and greedily.*
Tarantola *(v.) = Ragno il cui morso provoca movimenti improvvisi e incontrollati.*	**Tarantula** = *Spider whose bite causes sudden, uncontrolled movements.*
Accrescere *(v.) = Aumentare.*	**Accrescere** = *To increase.*
Guardare a vista *(m.d.) = Controllare qualcuno con molta attenzione.*	**Watching** = *Checking someone very carefully.*
Escogitare *(v.) = Ideare, pensare ad una soluzione.*	**Devise** = *Ideate, think of a solution.*
Rimettersi in sesto *(m.d.) = Tornare in buona forma fisica, morale o economica.*	**Getting well** = *Getting back into good physical, moral or economic shape.*
Bolide *(s.m.) = Riferito ad automobile che si muove a grande velocità.*	**Racing car** = *Referring to automobile that moves at great speed.*

Sgommare *(v.)* = *Riferito all'azione di un'autovettura che parte rapidamente, lasciando pezzi di pneumatico sull'asfalto.*	**Skidding** = *Referring to the action of a car driving off quickly, leaving pieces of tire on the asphalt.*
Pneumatico *(s.m.)* = *Rivestimento esterno delle ruote di veicoli.*	**Tire** = *Outer covering of the wheels of vehicles.*
Zigzagare *(v.)* = *Muoversi velocemente da una parte all'altra della strada, a zig zag.*	**Zigzagging** = *Moving quickly from one side of the road to the other, zigzagging.*
Contegno imperturbabile *(m.d.)* = *Comportamento di chi non mostra alcuna emozione.*	**Unperturbed demeanor** = *Behavior of one who shows no emotion.*
Fottiti *(v.)* = *Espressione volgare che si usa per mostrare disprezzo verso qualcuno o qualcosa.*	**Screw you** = *Vulgar expression used to show contempt toward someone or something.*
Strada *(s.f.)* **sterrata** *(agg.)* = *Strada con il fondo in terra battuta, non asfaltata.*	**Dirt road** = *A road with a dirt bottom, not paved.*
Sormontare *(v.)* = *Che è montato al di sopra di qualcosa.*	**Surmount** = *That is mounted above something.*
Guardare in cagnesco *(m.d.)* = *Guardare qualcuno con espressione del viso molto cattiva.*	**Frowning** = *Looking at someone with a very mean facial expression.*

Stagliarsi *(v.)* = *Riferito a qualcosa che appare con contorni definiti e nitidi su uno sfondo.*	**Stand out** = *Referring to something that appears with definite, sharp outlines against a background.*
Sporgersi *(v.)* = *Tendere in avanti, in fuori.*	**Lean out** = *To lean forward, outward.*
Requisire *(v.)* = *Sottrarre, sequestrare d'autorità un bene privato a qualcuno per farne un uso pubblico.*	**Requisition** = *To subtract, seize by authority private property from someone for public use.*
Perseguire *(v.)* = *Promuovere un'azione penale contro chi commette un reato.*	**Prosecute** = *To bring criminal action against one who commits a crime.*
Stridere di freni *(m.d.)* = *Rumore tipico della frenata improvvisa di un'autovettura.*	**Squeal of brakes** = *Noise typical of the sudden braking of an automobile.*
Non degnare di uno sguardo *(m.d.)* = *Riferito a qualcuno che non è degno di ricevere la propria attenzione. Essere indifferente.*	**Not worth a look** = *Referring to someone who is not worthy of receiving one's attention. To be indifferent.*
Iroso/a *(agg.)* = *Riferito a persona soggetta a violente reazioni o che si arrabbia facilmente.*	**Irous** = *Referred to someone prone to violent reactions or who is easily angered.*
Sinuoso/a *(agg.)* = *Riferito a un corpo o un modo di camminare piacevole da guardare.*	**Sinuous** = *Referred to a body or a way of walking that is pleasant to look at.*

Saggio e salutare *(m.d.)* = *Riferito a una persona capace di seguire la ragione in ogni circostanza, con equilibrio e prudenza.*	**Wise and healthy** = *Referred to a person capable of following reason in all circumstances, with balance and prudence.*
Stare alla larga *(m.d.)* = *Tenersi lontano da qualcuno o qualcosa per evitare pericoli.*	**Steer clear** = *Keeping away from someone or something to avoid danger.*
Affettato *(m.d.)* = *Comportamento non spontaneo, ma studiato e volutamente esagerato, per mettersi in mostra.*	**Slick** = *Behavior that is not spontaneous, but studied and deliberately exaggerated, to show off.*
Sottile vena d'ironia *(m.d.)* = *Con sarcasmo o retorica.*	**Subtle vein of irony** = *With sarcasm or rhetoric.*
A pelle *(m.d.)* = *Sensazione istintiva, non razionale.*	**Skin-deep** = *Instinctive feeling, not rational.*
Regolare i conti *(m.d.)* = *Risolvere definitivamente una questione con qualcuno, per un torto o di un'ingiustizia subita.*	**Settle the score** = *To settle an issue with someone definitively, over a wrong or injustice suffered.*
Diritto d'accesso *(m.d.)* = *Il diritto di poter entrare.*	**Right of entry** = *The right to be allowed to enter.*
Gusti culinari *(m.d.)* = *Riferito alle proprie preferenze in fatto di cibo o bevande.*	**Culinary tastes** = *Referring to one's preferences in food or drink.*

Vena *(s.f.)* = *Vaso sanguigno in cui il sangue scorre.*	**Vein** = *Blood vessel into which blood flows.*
Girare i tacchi *(m.d.)* = *Riferito a chi va via nella direzione opposta.*	**Turning heels** = *Referring to one who goes off in the opposite direction.*
Modi da villano *(m.d.)* = *Comportamento scortese e poco educato.*	**Rude manner** = *Rude and ill-mannered behavior.*
Ritornare sui propri passi *(m.d.)* = *Ritornare indietro.*	**Retracing one's steps** = *Turning back.*
Lo scemo del villaggio *(m.d.)* = *Lo stupido della situazione.*	**The village idiot** = *The fool of the situation.*
Fare breccia nel cuore *(m.d.)* = *Conquistare l'amore e la mente di qualcuno.*	**Breaking the heart** = *Winning someone's love and mind.*

Exercise 19. Answer the following questions.

(Rispondi alle seguenti domande)

1 – Come si chiama l'arma di cui parlano al telefono il direttore Petrov e il Generale Sherbakov?

_____

2 – Come si chiama l'operazione segreta di cui parlano al telefono il direttore Petrov e il Generale Sherbakov?

_____

3 – A quale categoria di gemelli appartengono Alexej e Luca Marinetto?

_____

4 – Fuori dagli uffici dei servizi segreti, su quale autovettura salirono Irina e Alexej?

_____

5 – Lasciato il centro di Mosca, dove si diressero Irina e Alexej?

_____

6 – Come si chiama la guardia all'entrata al cancello del castello?

_____

7 – Com'è soprannominata l'Accademia dell'SVR dove Alexej dovrà fare l'addestramento?

_____

8 – In quale camera del castello alloggiò Alexej?

_____

9 – Irina e Alexej divennero amanti già la prima notte di permanenza al Covo?

_____

Exercise 20. Add the definite and indefinite articles.

(Aggiungi gli articoli determinativi o indeterminativi)

___ tensione e ___ stress lo stavano uccidendo. Si allentò ___ nodo della cravatta e ingurgitò rapidamente ___ piccolo bicchiere di vodka che aveva precedentemente riempito. Sapeva di non poter perdere altro tempo e come se fosse stato morso da ___ tarantola, premette repentinamente ___ pulsante dell'interfono.

___ cancello si spalancò magicamente, come se ___ mano invisibile avesse premuto ___ bottone. Irina, agitata e impaziente per quell'attesa imprevista, prima che fosse completamente aperto, premette violentemente ___ piede sull'acceleratore. ___ suo tacco dodici, più che ___ accessorio di abbigliamento, sembrava ___'arma micidiale da usare all'occorrenza. Aleksej la seguì con ___ sguardo fin dove poté.

Exercise 21. Put the verbs in brackets in a suitable form (<u>Imperfetto indicativo</u>, <u>Passato remoto</u>, <u>Gerundio</u> or <u>Congiuntivo trapassato</u>).

(Trasforma i verbi all'Imperfetto indicativo, al Passato remoto, al Gerundio o al Congiuntivo trapassato)

Irina, stranamente, _____ **(congedarsi)** dai due senza dire una parola e _____ **(allontanarsi)** irosa, _____ **(sbattere)** freneticamente i tacchi, delle sue lussuose scarpe, sul pavimento. Il suo tacco dodici, più che un accessorio di abbigliamento, _____ **(sembrare)** un'arma micidiale da usare all'occorrenza. Aleksej la _____ **(seguire)** con lo sguardo fin dove _____ **(potere)**. _____ **(Camminare)** sinuosa nei suoi jeans attillati e _____ **(pensare)** che avesse uno splendido corpo. Ma _____ **(essere)** pur sempre una spia e di quelle temibili. _____ **(Decidere)** che sarebbe stato più saggio e salutare starle alla larga. In quella circostanza, Skubak _____ **(dimostrarsi)** insolitamente gentile e affettato. _____ **(Comportarsi)** come se avesse ricevuto ordini perentori e precisi dall'alto.

Exercise 22. Choose the right prepositions.

(Completa le frasi con la preposizione corretta)

Aveva ottenuto solo una parziale spiegazione ____ parte ____ Petrov e questo non aveva fatto altro che accrescere i suoi dubbi. La sua famiglia era seriamente ____ pericolo, compresa sua mamma Maria. Prima ____ arrivare ____ parcheggio pensò ____ contattare telefonicamente suo nonno Andrej, cercando ____ non farsi scoprire, ma la sua nuova amica lo guardava ____ vista e lo controllava molto ____ vicino. Era sicuro che solo il nonno sarebbe stato ____ grado ____ mettere fine ____ quel terribile incubo. Avrebbe escogitato qualcosa ____ seguito, ma adesso aveva solo bisogno ____ un po' ____ riposo ____ rimettersi ____ sesto. Salirono ____ bordo ____ una Porche Carrera 911 nera, ____ i sedili ____ pelle rossa. Irina lo fissò ____ occhi ____ atteggiamento ____ sfida. Irina guidò spericolatamente ____ le vie ____ centro, sorpassando e zigzagando come un pilota esperto.

Exercise 23. Complete sentences with comparative adjectives or pronouns.

(Completa le frasi con gli aggettivi o pronomi comparativi.)

1 - Viaggiare è più interessante _____ guardare documentari.
2 - Una macchina veloce è più pericolosa _____ utile.
3 - Quel lavoro era molto più interessante _____ questo.
4 - La tua macchina è molto più veloce _____ mia.
5 - Uscire è più divertente _____ guardare la televisione.
6 - Quella ragazza è più bella _____ simpatica.
7 - Viaggiare in aereo è più veloce _____ viaggiare in treno.
8 - Fabio è più studioso _____ Massimo.
9 - La Svezia è più grande _____ Svizzera.
10 - A scuola ho studiato più italiano _____ spagnolo.

Exercise 24. Conjugate the following regular verbs in the tense Congiuntivo passato (ARE).

(Coniugare al Congiuntivo passato i seguenti verbi in -ARE)

AIUTARE	
BACIARE	
BALLARE	
BUTTARE	
CAMMINARE	
CONSIGLIARE	
CURARE	
DIMENTICARE	

GRIDARE	
GUIDARE	
INCONTRARE	
INVITARE	
NUOTARE	
PAGARE	
PARCHEGGIARE	
PRENOTARE	
RACCONTARE	

Capitolo quinto

L'addestramento

Un suono sinistro e ripetitivo svegliò Aleksej di soprassalto.

Con la mano sinistra, istintivamente, andò verso il comodino e con un colpo netto scaraventò quell'**aggeggio** sul pavimento, lontano, in fondo alla stanza. Ma il rumore non cessò del tutto e fu costretto ad alzarsi dal letto. Fuori era ancora buio ma la timida luce dell'alba **faceva già capolino** dalla finestra. Era completamente nudo e con la testa che gli girava. Si ricordò della sera prima, del vino e di Irina. Poi ebbe un sussulto. Qualcuno, nascosto nell'ombra, sedeva sulla poltrona vicino alla porta d'ingresso.

«Chi c'è lì? Chi sei?», urlò Aleksej con tono minaccioso.

L'ombra si alzò lentamente e con un colpo di karate, usando la **suola** della scarpa, colpì la sveglia che stava continuando, **imperterrita**, a lanciare il suo **sinistro sibilo** di allerta. L'aggeggio andò in mille pezzi.

Fu in quel momento che intravide nel buio la figura di una donna. Era Irina e questo lo tranquillizzò all'istante.

«Sei proprio un gran **bel pezzo di marmo**», esclamò la donna divertita, «sono già dieci minuti che ti osservo e non posso fare a meno di pensare alla somiglianza incredibile tra te e Luca. Non hai la macchiolina rossa all'**inguine** e questo mi conforta nel caso fossi costretta ad identificarvi. Ma non preoccuparti... ho un altro sistema infallibile: fate l'amore in modo diverso... simile... ma diverso. Luca è molto più romantico e passionale mentre con te è più... diciamo... fare palestra... sport. Avresti tanto da imparare da tuo fratello», concluse **sghignazzando**.

«Sarebbe bello se mi aiutassi ad incontrare Luca», replicò Aleksej mentre con la mano cercava al buio, nel letto, i suoi boxer.

«Accendi la luce per favore... così posso rivestirmi?».

«Non è necessario», replicò Irina, «prendi! queste sono le scarpe da ginnastica e una tuta. Da adesso inizia il tuo addestramento e dopo avrai tutto il tempo per farti una doccia e godere di una ricca colazione… oltre che della mia compagnia… naturalmente».

«Irina… se mi aiuterai ad incontrare Luca ti prometto che, quando saremo a Roma, mangeremo insieme quel gelato a Trinità dei Monti, come una vera coppia», quindi la prese tra le braccia e la baciò con passione.

Irina <u>si divincolò</u> infastidita.

«Non mettermi fretta Alex!! Potresti ottenere l'effetto contrario. Adesso stammi vicino e facciamo una bella corsetta mattutina nel parco… così potrai schiarirti meglio le idee».

Aleksej si vestì rapidamente.

L'occasione gli sembrò <u>propizia</u> per fare un giro di ricognizione intorno al castello, per capire se c'erano punti deboli nella sicurezza e, magari, riuscire ad individuare il piano e la stanza dov'era sicuro che tenessero prigioniero Luca.

Quando l'auto aveva oltrepassato il cancello all'ingresso aveva avvertito una strana sensazione, una forte emozione. L'aveva già sentita molte altre volte in passato, ma non era mai riuscito a spiegarne l'origine.

Da quando aveva saputo di avere un fratello e per giunta gemello, tutto gli sembrava più chiaro, coerente. Avvertiva delle piccole scosse intorno al corpo e un leggero <u>formicolio</u> alle mani.

Erano i tipici segnali che anticipavano, ogni volta, quella strana sensazione di essere in un altro posto.

Vedeva luoghi sconosciuti dove non era mai stato prima e, nella sua testa, risuonava la sua voce ma con un'<u>inflessione</u> leggermente diversa, come se non fosse stata esattamente la sua.

Nel castello quella sensazione si era amplificata. Percepiva Luca, sentiva che non erano distanti ma, negli ultimi tempi, aveva cominciato stranamente ad immaginare il mare.

Proprio di recente aveva sognato di essere stato sulla spiaggia a prendere il sole, in compagnia di una donna di cui non riusciva a vedere il volto. Ma il fatto che al "Covo" mancasse tutto questo lo aveva fatto dubitare. Adesso si sentiva confuso, eppure quelle **visioni** erano sempre più frequenti, intense, quasi reali, come se qualcuno stesse comunicando con lui telepaticamente.

Avevano da poco iniziato a correre intorno al parco che Irina lo sfidò ad arrivare per primo dall'altra parte del castello. Aleksej era un atleta e sapeva che non avrebbe avuto difficoltà a batterla, ma in quel **frangente** decise di lasciarla vincere di proposito. Sapeva troppo bene che Irina non amava perdere le sue sfide e, forse, questo l'avrebbe ammorbidirla un po'.

Quando furono dall'altra parte del parco Irina gridò soddisfatta: «Prima… prima… sono arrivata prima… sei una vera **schiappa** Alex».

Erano entrambi sudati, stanchi e con il fiato corto, piegati in due per la fatica e con le mani sulle ginocchia. Poi si guardarono l'un l'altro con un misto di tenerezza e di soddisfazione. Aleksej le si avvicinò, la strinse a sé e guardandola negli occhi le disse: «Se non vuoi dirmi dove si trova Luca… posso capirlo. Sei **vincolata** al segreto. Sono un militare e apprezzo queste cose. Ma vorrei chiederti un favore personale e questa volta spero che tu non mi dirai di no».

«Quale favore personale?», chiese Irina, mostrandosi preoccupata per quella strana richiesta.

«Vorrei che tu contattassi per me il Generale Andrej Vladimirovic Halikov… mio nonno… e gli chiedessi di venire al Covo. Devo vederlo e parlargli urgentemente. Ho bisogno dei suoi consigli. Puoi fare questo per me?».

Irina fece un passo indietro liberandosi dalla stretta morsa di Aleksej.

«Credo di poterlo fare… ma dovrò chiedere l'autorizzazione al Direttore Petrov. Da qui non entra e non esce nessuno senza il suo permesso. Siamo un'agenzia segreta e non un albergo a cinque stelle».

Aleksej e Irina si misero a ridere all'unisono.

«Grazie collega… grazie per il tuo aiuto… non lo dimenticherò», sibilò Aleksej, salvo immediatamente dopo aggiungere, con tono quasi supplicante: «Se abbiamo finito con le corse mattutine gradirei fare una bella doccia e magari prendere un buon caffè espresso».

Irina <u>annuì</u> e si avviarono insieme verso la grande scalinata, mano nella mano, dove trovarono ad attenderli l'agente Skubak.

«Maggiore… Irina… dormito bene questa notte? Aleksej… alle 7.00 sei atteso nella sala 5 per la tua prima lezione di teoria. Sbrigatevi… avete poco tempo. Irina accompagnalo nella sua suite», soggiunse con voce **beffarda**.

Rientrarono insieme in camera e fecero una doccia veloce, scambiandosi solo rapide **effusioni**. Questa volta non avevano tempo per fare all'amore, ma dovevano sbrigarsi se volevano arrivare puntuali.

Ebbero comunque il tempo di fare una **fugace** colazione alla mensa, quindi Irina lo guidò attraverso un lungo corridoio al piano terra. Qui Aleksej si fermò incuriosito, ammirando le numerose fotografie che erano appese su entrambe le pareti di legno. Tutte raffiguravano primi piani di volti.

«Agenti segreti russi deceduti in sevizio?», provò ad **azzardare** Aleksej.

«Non tutti sono morti e non tutti sono russi», replicò sarcastica Irina.

«In quella zona del muro ci sono solo i migliori. Qualcuno è riuscito anche a godersi la pensione ma tutti sono stati decorati con le massime <ins>onorificenze</ins> e sono… tutt'ora… considerati eroi della Patria».

«Chi è questo?», indicò con il dito Aleksej, «mi sembra di averlo già visto da qualche parte… magari in qualche libro che ho letto in Accademia».

«Oh… stai guardando la più grande spia russa di ogni tempo. Strano che tu non lo conosca. **Harold Adrian Russell "Kim" Philby**. Era un agente segreto britannico ma… già dopo pochi mesi di servizio… cominciò a collaborare con noi… prima come agente russo per l'NKVD e poi per il KGB. Era la nostra talpa all'interno del Military Intelligence inglese. Nel 1963 il suo doppio gioco fu scoperto. Fuggì a Mosca dove ha vissuto e lavorato come istruttore per il KGB fino alla sua morte… avvenuta nel 1988. Philby è stata la spia russa che ha creato i maggiori danni al Regno Unito e all'Alleanza Atlantica. Per ventisette anni ci ha inviato informazioni di altissimo livello che hanno causato… al blocco occidentale… un'**ingente** perdita di mezzi e di agenti».

«Questo tipo mi piace!», esclamò Aleksej annuendo con la testa, «è un idealista… proprio come me. Se dovrò fare la spia allora il mio soprannome sarà KIM… esattamente come Philby».

Arrivarono puntuali alla sala cinque, entrarono e trovarono ad attenderli il direttore Petrov che, appena li vide, si mosse verso di loro. Si strinsero le mani energicamente e si salutarono come l'occasione conveniva.

«Buongiorno Irina. Piacere di rivederla Maggiore Marinetto. Accomodatevi… così possiamo iniziare subito. Oggi abbiamo tanto lavoro da fare», e con la mano indicò i posti loro assegnati.

«Bene Maggiore. Innanzitutto sono contento che questa notte non abbia provato a scappare. Immagino… quindi…

che abbia accettato la missione. Da oggi è ufficialmente un agente sotto copertura dell'SVR.

Per prima cosa… come ogni buon agente che si rispetti… anche Lei dovrà avere un nome in codice con il quale sarà riconosciuto e dovrà firmare tutti i suoi rapporti di intelligence. Per caso ne ha già in mente qualcuno?».

«Avevo pensato di firmarmi KIM», replicò <u>asciutto</u> Aleksej.

«Ah…ottima scelta… vedo che con Irina ha già fatto i compiti a casa. Spero che non faccia rimpiangere il buon Philby", sorrise sarcastico Petrov.

La sala cinque assomigliava a quella di un piccolo cinema. Un grande schermo bianco alla parete e comode poltrone di velluto rosso nelle quali i tre <u>sprofondarono</u> seduti.

«Iniziamo pure», ordinò <u>perentoriamente</u> Petrov, con la sua inconfondibile voce baritonale.

Le luci si spensero lentamente e iniziò la proiezione di un film. Dalle prime immagini Aleksej capì subito che il protagonista era Luca.

«Ecco Maggiore. Cominci a memorizzare i luoghi che vede adesso. Questo... per esempio... è l'esterno del Defence College a Roma... dove suo fratello ha appena concluso l'Accademia. Dopo le forniremo la piantina dell'edificio... con l'ubicazione di tutte le stanze... compresa mensa... palestra e campo da calcio. Come vede qui non esiste il campo di hockey. Luca... a quanto ci risulta... è un vero appassionato di football. Lo pratica da dilettante. Gioca **prevalentemente** come centrale di difesa e la sua squadra del cuore è... naturalmente... la Roma. Come giocatore il suo idolo è Totti. Lei come se la cava con il football? Ci giocava con i suoi colleghi a San Pietroburgo?».

«Purtroppo no. La mia vera passione è solo l'hockey. Lo pratico fin da bambino. Il football non mi è mai piaciuto.

Ma per la riuscita della missione imparerò a memoria ogni informazione e farò ciò che riterrete necessario».

«D'accordo Maggiore Marinetto. Per facilitarle il compito Le ho preparato un voluminoso dossier sulla vita di suo fratello… che avrà la **diligenza** di studiare a fondo. Entrambi parlate perfettamente tre lingue: russo… inglese e… naturalmente italiano. Ma dovrà migliorare il suo accento… magari aggiungendo qualche piccola inflessione locale e peggiorare leggermente il suo russo. Troppo perfetto per Luca!! Nei prossimi giorni si eserciterà insieme con Irina ma… si ricordi… ha solo due settimane di tempo per trasformarsi in Luca Marinetto e capisce anche Lei che la somiglianza fisica… da sola… non è abbastanza».

«Continuiamo con il film!!», ordinò Petrov.

«Quelli che adesso vede sono i posti frequentati **assiduamente** da suo fratello. Ah… eccolo in compagnia di Irina. In questo potrà certamente esserle d'aiuto molto più di me. Verrà con lei a Sochi e poi a Roma. Ufficialmente è la sua fidanzata e lavora sotto copertura all'ufficio visti dell'Ambasciata russa. Tutti conoscono Irina. Luca l'ha presentata ad un gran numero di suoi amici e anche a qualche collega d'Accademia. Ecco quello che succede quando un uomo è veramente innamorato».

«Fermi l'immagine!!», urlò Petrov di spalle e guardando in alto verso il proiezionista.

«Vede questo gruppetto? Lo osservi attentamente. Si tratta del ricevimento che ogni anno si svolge nel grande salone centrale del Defence College a Roma. Alla destra di suo fratello c'è il Maggiore Knud Pedersen... un cittadino danese molto amico di Luca. Studi minuziosamente il suo fascicolo perché è l'unica persona... insieme a suo padre... che potrebbe far saltare l'operazione e capire che Lei è un impostore. Esattamente tra due settimane si terrà a Roma un grande evento e... al termine della serata... con una cerimonia solenne... verranno assegnati gli incarichi... con le rispettive destinazioni... agli ufficiali che hanno concluso brillantemente il corso in Accademia. Dalle informazioni in nostro possesso sappiamo che Knud Pedersen sarà assegnato al Nato Military Committee di Bruxelles. Aleksej… questo non deve assolutamente accadere!!», esclamò perentorio un accigliato Petrov.

Poi, assumendo un contegno che si addiceva più ad un professore universitario che ad una spia, riprese la sua lezioncina.

«Adesso osservi bene quell'uomo in alta uniforme alla sinistra di Luca. È il suo Comandante… il Generale Fabian Lefevre. La lista assegnazioni incarichi è in suo possesso!!».

Aleksej si girò verso Petrov annuendo con la testa, facendo intendere che aveva capito perfettamente la situazione.

«Bene… adesso veniamo al punto!! La sua missione sarà quella di sostituire la lista originale con una copia altrettanto perfetta che le forniremo noi al momento opportuno.

Quella cerimonia sarà la sua unica e irripetibile occasione per scambiare le due liste. Troverà l'originale nella **cassaforte** del Defence College di Roma, che lei dovrà aprire con **destrezza**. Si trova all'ultimo piano, nella camera privata del comandante Lefevre. È posizionata dietro un quadro che raffigura la battaglia di Waterloo. Sono veramente dei romanticoni questi francesi… non crede?».

Aleksej lo interruppe bruscamente: «Devo scassinare una cassaforte? Ma non so proprio come potrò riuscirci. Non ho nessuna competenza e poi… in così poco tempo… è praticamente impossibile riuscirci. Sostituire mio fratello è un conto… ma una cassaforte…».

«Maggiore… Lei non deve preoccuparsi di nulla. Sarà istruito a puntino… non tema. Noi abbiamo i migliori specialisti del settore e ne conosciamo la marca e il modello. Stia pur certo che non sarà quella cassaforte a fermarla. Se **seguirà alla lettera** le nostre istruzioni non le capiterà nulla di spiacevole… neppure alla sua famiglia».

Improvvisamente il volto di Aleksej diventò <u>paonazzo</u>. Era <u>livido di rabbia</u> e sembrava che la sua ira potesse esplodere da un momento all'altro. Desiderava prendere a pugni Petrov e spegnergli quello stupido sorrisetto di compiacimento che aveva stampato sulle labbra. Si trattenne con fatica, guardò negli occhi il suo avversario e con tono di sfida gli disse: «Petrov, questa è la seconda volta... in due giorni... che mi minaccia. Lasci in pace la mia famiglia. Lo ripeta ancora una volta e... spia o non spia... la uccido».

Aleksej era sul punto di alzarsi quando Irina intervenne stringendogli forte la mano e lo guardò preoccupata pregandolo di rimettersi a sedere. Aleksej sapeva di non avere altra scelta, cercò di calmarsi e scivolò lentamente sullo <u>schienale</u> della poltrona.

«Continuiamo pure!!», ordinò Petrov senza dare troppo peso al quella <u>sfuriata</u> improvvisa e il film riprese a scorrere esattamente dal punto in cui era stato interrotto.

GLOSSARIO 5

Avverbio / Adverb = avv.	*Sostantivo / Noun = s. m. (male)*
Verbo / Verb = v.	*Sostantivo / Noun = s. f. (female)*
Modo di dire / Way of saying = m.d.	*Aggettivo / Adjective = agg.*

Aggeggio *(s.m.) = Oggetto di scarso valore, di poca importanza.*	**Thing** = *In the sense of an object of little value, of little importance.*
Fare capolino *(m.d.) = Nel senso di essere appena visibile dalla finestra.*	**Peeping** = *In the sense of being barely visible from the window.*
Suola *(s.f.) = Parte inferiore ed esterna della scarpa a contatto con il suolo.*	**Sole** = *Lower and outer part of the shoe in contact with the ground.*
Imperterrito/a *(agg.) = Indifferente a tutto.*	**Undaunted** = *Indifferent to everything.*
Sinistro sibilo *(m.d.) = Rumore continuato e acuto, simile a un fischio.*	**Sinister hissing** = *Continuous, high-pitched, whistle-like noise.*
Bel pezzo di marmo *(m.d.) = Nel senso di fisico perfetto come una statua di marmo.*	**Beautiful piece of marble** = *In the sense of perfect physique like a marble statue.*
Inguine *(s.m.) = Parte anteriore del corpo, corrispondente alla giunzione tra il tronco e gli arti inferiori.*	**Groin** = *Front part of the body, corresponding to the junction between the trunk and the lower limbs.*

Sghignazzare *(v.)* = *Deridere, modo particolare di ridere forte e senza mostrare rispetto, quando si vuole prendere in giro una persona.*	**Sneer** = *To mock, a special way of laughing loudly and without showing respect, when one wants to make fun of a person.*
Divincolarsi *(v.)* = *Agitarsi con forza, per liberarsi da qualche impedimento fisico.*	**To wriggle** = *To flail vigorously, to free oneself from some physical impediment.*
Propizio/a *(agg.)* = *Momento favorevole.*	**Propitious** = *A favorable moment.*
Formicolio *(s.m.)* = *Sensazione fastidiosa del corpo come sentire tante punturine che fanno il solletico.*	**Tingling** = *Annoying sensation of the body like feeling many tickling stings.*
Inflessione *(s.f.)* = *Intonazione, modulazione della voce.*	**Inflection** = *Intonation, modulation of voice.*
Visione *(s.f.)* = *Capacità di vedere fatti o persone reali con l'uso dell'immaginazione.*	**Vision** = *Ability to see real facts or people with the use of imagination.*
In quel frangente *(m.d.)* = *In senso figurato, con il significato di: in quel momento.*	**At that juncture** = *Figuratively, with the meaning of: at that moment.*
Schiappa *(s.f.)* = *Persona incapace di svolgere bene qualunque attività.*	**Duffer** = *A person unable to perform any activity well.*
Vincolare *(v.)* = *Impegnare qualcuno con vincoli morali o legali.*	**Bind** = *To commit someone with moral or legal constraints.*

Annuire *(v.) = Dimostrarsi d'accordo con qualcuno con un cenno affermativo della testa.*	**Nod** = *Showing agreement with someone with an affirmative nod of the head.*
Beffardo/a *(agg.) = Nel senso di derisione, prendere in giro l'altro.*	**Mocker** = *In the sense of mocking, making fun of another.*
Effusione *(s.f.) = Nel senso di dimostrazione di affetto.*	**Effusion** = *In the sense of a demonstration of affection.*
Fugace *(agg.) = Momento di breve durata.*	**Fleeting** = *A moment of short duration.*
Azzardare *(v.) = Nel senso di dire qualcosa senza esserne certo.*	**Daring** = *In the sense of saying something without being certain.*
Onorificenza *(s.f.) = Decorazione che si concede a una persona in riconoscimento dei suoi meriti.*	**Honorific** = *Decoration given to a person in recognition of his or her merits.*
Ingente *(agg.) = Enorme, grande.*	**Ingenious** = *Huge, large.*
Asciutto *(agg.) = Nel senso di replicare seccamente, senza emozione.*	**Dry** = *In the sense of replying dryly, without emotion.*
Sprofondare *(v.) = Nel senso di lasciarsi cadere con tutto il peso su qualcosa.*	**Sinking** = *In the sense of letting oneself fall with full weight on something.*
Perentoriamente *(avv.) = Che non ammette replica, obiezione o discussione.*	**Peremptorily** = *That admits of no reply, objection or discussion.*

Prevalentemente *(avv.)* = *Soprattutto. Nella maggior parte dei casi ma non sempre.*	**Predominantly** = *Mostly. In most cases but not always.*
Diligenza *(s.f.)* = *Nel senso di zelo (scrupolo, precisione) nello svolgimento di un lavoro o di un compito.*	**Diligently** = *In the sense of zeal (scrupulousness, precision) in carrying out a job or task.*
Assiduamente *(avv.)* = *Abitualmente, con continuità e costanza.*	**Assiduously** = *Habitually, with continuity and constancy.*
Sotto copertura *(m.d.)* = *Riferito ad una persona che agisce in incognito.*	**Undercover** = *Referring to a person who acts incognito.*
Proiezionista *(s.m. s.f.)* = *Tecnico addetto alla proiezione di un film.*	**Projectionist** = *Technician assigned to the projection of a film.*
Minuziosamente *(avv.)* = *Nel senso di fare grande attenzione ai particolari.*	**Minutely** = *In the sense of paying great attention to detail.*
Impostore *(s.m.)* = *Riferito a chi, al fine di trarne un vantaggio personale, inganna gli altri con false apparenze, mentendo a tutti.*	**Imposter** = *Referring to one who, in order to gain personal advantage, deceives others by false appearances, lying to everyone.*
Cassaforte *(s.f.)* = *Armadio blindato o cassetta a muro con chiusura di sicurezza, in cui si custodiscono cose di valore.*	**Safe** = *Armored cabinet or wall box with a safety lock, in which valuable things are kept.*

Destrezza *(agg.)* = *Abilità nello svolgere attività che richiedano agilità fisica o mentale.*	**Dexterity** = *Skill in performing tasks that require physical or mental agility.*
Seguire alla lettera *(m.d.)* = *Nel senso di eseguire perfettamente le istruzioni ricevute.*	**Follow to the letter** = *In the sense of perfectly carrying out received instructions.*
Paonazzo *(agg.)* = *Nel senso di improvviso rossore in viso per la rabbia.*	**Purple** = *In the sense of sudden blush in the face from anger.*
Livido di rabbia *(m.d.)* = *Riferito a persona molto arrabbiata con il viso che assume un colore viola-bluastro.*	**Bruised with anger** = *Referring to a very angry person with the face taking on a purple-bluish color.*
Schienale *(s.m.)* = *La parte di un sedile destinata all'appoggio della schiena.*	**Backrest** = *The part of a seat intended for supporting the back.*
Sfuriata *(s.f.)* = *Sfogo violento di rabbia, di risentimento, ma che dura poco tempo.*	**Rant** = *Violent outburst of anger, resentment, but lasting a short time.*

Exercise 25. Answer the following questions.

(Rispondi alle seguenti domande)

1 – Irina come riusciva a distinguere i due fratelli gemelli, Luca e Alexey, uno dall'altro?

_____

2 – Irina, cosa propose di fare ad Alexej la mattina seguente, dopo aver trascorso insieme la notte?

_____

3 – Chi vinse la prima gara mattutina nel parco del "Covo"?

_____

4 – Alexej, a che ora aveva la sua prima lezione di teoria con Petrov?

_____

5 – Che cosa fece Alexej quando percorse il lungo corridoio al piano terra?

_____

_____

6 – Quale spia in fotografia colpì l'immaginazione di Alexej?

_____

7 – Quale soprannome da spia scelse Alexej?

_____

8 – In quale sala Alexej iniziò la prima lezione con il direttore Petrov?

_____

9 – Come si chiama il Comandante di Luca al Defence College di Roma?

_____

Exercise 26. Add the definite and indefinite articles.
(Aggiungi gli articoli determinativi o indeterminativi)

___ suono sinistro e ripetitivo svegliò Aleksej di soprassalto. Con ___ mano sinistra, istintivamente, andò verso ___ comodino e con ___ colpo netto scaraventò quell'aggeggio sul pavimento, lontano, in fondo alla stanza. Ma ___ rumore non cessò del tutto e fu costretto ad alzarsi dal letto. Fuori era ancora buio ma ___ timida luce dell'alba faceva già capolino dalla finestra. Era completamente nudo e con ___ testa che gli girava. Si ricordò della sera prima, del vino e di Irina. Poi ebbe ___ sussulto. Qualcuno, nascosto nell'ombra, sedeva sulla poltrona vicino alla porta d'ingresso.

L'ombra si alzò lentamente e con ___ colpo di karate, usando ___ suola della scarpa, colpì ___ sveglia che stava continuando, imperterrita, a lanciare ___ suo sinistro sibilo di allerta.

Exercise 27. Choose the right prepositions.
(Completa le frasi con la preposizione corretta)

Proprio ___ recente gli era sembrato ___ essere stato _____ spiaggia __ prendere il sole, ___ compagnia ___ una donna ___ cui non riusciva __ vedere il volto. Ma il fatto che ___ «Covo» mancasse tutto questo lo aveva fatto dubitare. Adesso si sentiva confuso, eppure quelle visioni erano sempre più frequenti, intense, quasi reali, come se qualcuno stesse comunicando _____ lui telepaticamente.

Avevano ___ poco iniziato __ correre intorno ___ parco che Irina lo sfidò __ arrivare _____ primo _____'altra parte _____ castello. Aleksej era un atleta e sapeva che non avrebbe avuto difficoltà __ batterla, ma ___ quel frangente decise ___ lasciarla vincere ___ proposito.

Quando furono _____'altra parte _____ parco Irina gridò soddisfatta.

Exercise 28. Put the verbs in brackets in a suitable form (Passato prossimo, Passato remoto or Imperfetto indicativo).

(Trasforma i verbi al Passato prossimo, al Passato remoto o all'Imperfetto Indicativo).

_____ (Essere) un agente segreto britannico, ma già dopo pochi mesi di servizio _____ (cominciare) a collaborare con noi, prima come agente russo per l'NKVD e poi per il KGB. _____ (Essere) la nostra talpa all'interno del Military Intelligence inglese. Nel 1963 il suo doppio gioco fu scoperto. _____ (Fuggire) a Mosca dove _____ (vivere) e lavorato come istruttore per il KGB fino alla sua morte, avvenuta nel 1988.

Philby _____ (essere) la spia russa che _____ (creare) i maggiori danni al Regno Unito e all'Alleanza Atlantica. Per ventisette anni ci _____ (inviare) informazioni di altissimo livello che _____ (causare), al blocco occidentale, un'ingente perdita di mezzi e di agenti.

Exercise 29. Conjugate the following regular verbs in the tense Congiuntivo Imperfetto (ARE).

(Coniugare al Congiuntivo imperfetto i seguenti verbi in -ARE)

CAMMINARE	
CENARE	
CONSERVARE	
CONTROLLARE	
DISTURBARE	
GIRARE	
IMPARARE	

INDOSSARE	
INDOVINARE	
INGRASSARE	
INVIARE	
INVITARE	
LASCIARE	
LAVARE	
LOTTARE	
ORDINARE	

Exercise 30. Conjugate the following regular verbs in the tense <u>Congiuntivo Trapassato</u> (ARE).

(Trasformare al Congiuntivo trapassato i seguenti verbi in -ARE)

ORGANIZZARE	
PARTECIPARE	
PORTARE	
PRESTARE	
REALIZZARE	
RECITARE	
RESTARE	

RUBARE	
SBAGLIARE	
SCAPPARE	
SOGNARE	
SPERARE	
SUONARE	
TIRARE	
TROVARE	
VISITARE	

Answers

Exercise 1: **1)** Aleksej Robertovic Marinetto.; **2)** Nikita; **3)** Maggiore: **4)** Generale Aleksandr Nikolaevic Govorov; **5)** Italiana; **6)** Accademia Militare per cadetti di Orenburg (Urali meridionali); **7)** XIII Giochi Olimpici Invernali di Lake Placid (USA); **8)** Argento; **9)** Andrej Vladimirovic Halikov, Generale KGB; **10)** Olga; **11)** Maria.

Exercise 2: L'autobus era pronto sul piazzale, con **il** motore acceso, in attesa dell'arrivo **dei** cadetti. Tutti furono puntuali e salirono con ordine per sedersi nei posti loro assegnati, seguiti dagli sguardi severi del Maggiore Alexej e del Generale Govorov. L'ultimo ad arrivare fu Nikita che, come al solito, si prese **uno** scappellotto dal suo comandante. Fuori l'aria era ancora umida per **la** pioggia caduta incessantemente e tutti si misero ad osservare dai finestrini l'imminente tramonto del sole. **La** sfera arancione stava per arrendersi alle prime luci della sera e improvvisamente sparì con **il** suo bagliore dietro enormi palazzoni grigi. Govorov prese posto accanto al suo vice allenatore e dopo alcune parole di circostanza, sul morale della squadra e **la** preparazione atletica, improvvisamente si fece serio e cambiò tono alla conversazione.

Exercise 3: Con un colpo secco **chiuse** dietro di sé la porta della stanza e, senza togliere l'uniforme, **si sedette** al centro del letto. **Si sentiva** veramente stanco, come se avesse perso tutte le energie, fisiche e mentali. Delicatamente **tirò** fuori dal portafoglio alcune vecchie foto sbiadite: la prima **mostrava** suo nonno che, impettito nella divisa da generale, **faceva** bella mostra di tutte le medaglie che **aveva meritato** in tanti anni di onorato servizio presso il KGB. **Era** in pensione da diverso tempo e **viveva** in una bella casa vicino al centro di Mosca.

Exercise 4: Quindi si mise il pigiama e si stese **sul** letto. Incrociò le mani dietro la testa e cominciò **a** fissare il soffitto cercando **di** tornare **con** la memoria **a** quand'era bambino. Come sempre desiderava ricordare il viso **di** suo padre o, quanto meno, **di** riascoltare la sua voce. Ma niente. Nonostante tutti gli sforzi, il nero più assorto si era impossessato **del** tempo **in** cui i genitori vivevano ancora insieme. **In** tutti i suoi venticinque anni aveva sempre sentito la mancanza **del** padre. Desiderava conoscere quell'uomo **con** tutte le sue forze **per** parlargli almeno una volta. Voleva sapere perché lo aveva abbandonato e non si era fatto più vedere e sentire **negli** ultimi venti anni. **Con** il tempo il mistero **della** fuga **del** padre si era trasformato **in** un pesante fardello che gli opprimeva l'anima ed il cuore.

Exercise 5: **1)** Quando ti daranno i biglietti? Forse **me li** daranno domani. **2)** Roberto ha dato la bicicletta a Paolo? Non ancora: **gliela** darà domani. **3)** Puoi portare dei libri nuovi a Giulio? Sì, **gliene** porto tre domani. **4)** Ragazzi, ci potete dire il vostro segreto con le ragazze? Come fate a conquistarle tutte? No, non **ve lo** possiamo dire. **5)** Quante pagine ti mancano per finire il libro? **Me ne** mancano quindici! **6)** Quanti biscotti hai dato al cane? **Gliene** ho dati solo due! **7)** Chi ci preparerà la cena questa sera? Non ti preoccupare, **ce la** preparerà la nonna. **8)** Puoi misurarmi la pressione? Sì, **te la** misuro!

Exercise 6: **1)** I miei genitori vorrebbero fare un viaggio: che ne dici se **gliene** prenotiamo uno? **2)** Hai regalato i fiori a tua moglie? Sì, **glieli** ho regalati. **3)** Devi portare le frittelle a zia Anna! **Gliele** devi portare oggi stesso. **4)** Paola ha ricevuto un bel regalo da sua madre. **Gliel'** (glielo) ha spedito per posta aerea. **5)** Per dolce, ci consiglia il tiramisù? - Sì, **ve lo** consiglio. **6)** Tu hai visto questo documentario? **Ce lo** puoi raccontare? -Va bene, **ve lo** racconto. **7)** Tuo figlio desidera un nuovo computer per Natale. Gliene compriamo uno domani? **8)** Chi comprerà la torta per il compleanno di Maria? **Gliela** comprerà suo marito. **9)** Hai lavato la macchina a tuo zio? - Si, **gliel'** (gliela) ho lavata.

Exercise 7: **1)** Comandante Generale Sherbakov; **2)** Mosca; **3)** Pulkovo e Domededovo; **4)** Park Pobedy; **5)** Gli confidò che aveva un fratello gemello; **6)** Luca; **7)** Una vecchia foto; **8)** Roberto Marinetto; **9)** Perché il nonno di Alexej voleva reclutare Roberto Marinetto nel KGB.

Exercise 8: Presentò **i** propri documenti e **il** permesso di libera uscita alla guardia e in **un** attimo raggiunse **la** fermata della metropolitana. Prima di partire desiderava passare a salutare **la** mamma. Agli amici avrebbe pensato quella stessa sera, al rientro in Accademia. Doveva mantenere **un** atteggiamento di assoluta riservatezza e non rivelare a nessuno, neanche alla mamma, **il** giorno della partenza e **la** sua destinazione. Sapeva che Maria era **una** donna sveglia e doveva fare attenzione, anche **una** minima parola fuori posto avrebbe potuto insospettirla. Durante il tragitto in metropolitana avrebbe pensato a cosa dirle. Magari poteva tirar fuori **la** scusa di una licenza e dire che sarebbe partito per **una** vacanza in compagnia della sua nuova «fiamma». Tutti in Accademia conoscevano **le** sue doti da «Casanova».

Exercise 9: **Salì** i gradini tre per volta, così come era solito fare fin da bambino. **Aveva** con sé le chiavi e non **si premurò** di bussare o di avvertire. Maria col tempo **si era abituata** a quelle sue «improvvisate» e non **aveva** mai **protestato** o reagito in malo modo. **Era** sempre felicissima di rivedere e abbracciare il suo amato figlio, il suo «piccolo Alex», come **continuava** ancora a chiamarlo. **Aprì** la porta d'ingresso cercando di fare il minimo rumore e poi, con un colpo leggero della mano, **spostò** anche la seconda porta che dava accesso all'interno dell'appartamento. **Si appoggiò** delicatamente alla maniglia e **infilò** la testa nel piccolo spazio, tra la porta e il muro. **Prestò** attenzione a qualunque suono **provenisse** dall'interno: **desiderava** fare una sorpresa alla mamma che all'improvviso se lo sarebbe trovato di fronte. **Aspettò** alcuni secondi ma non **udì** alcun rumore.

Exercise 10: **Per** Maria era tempo **di** dire tutta la verità. Le domande **del** figlio erano quelle **a** cui, **da** sempre, desiderava rispondere. Cercò **di** calmarsi e **di** rilassarsi e provò **a** raccontare la sua storia guardando il figlio **negli** occhi. «Come sai tuo nonno è stato un Generale **del** KGB, i vecchi servizi segreti russi. **Al** tempo **in** cui nascesti ricopriva un incarico importante **a** Mosca. Un giorno si presentò qui **a** San Pietroburgo **con** nonna Olga, pieno **di** regali **per** i suoi due nipotini. Ci aveva espressamente chiesto **di** potervi conoscere personalmente e quella fu la prima e ultima volta che vedemmo tutta la famiglia riunita». «Fu solo dopo pranzo che nonno Andrej rivelò il vero motivo **di** quella visita: doveva reclutare tuo padre Roberto **per** i servizi **di** intelligence russi. Gli promise che, se si fosse messo **al** servizio **del** KGB, avrebbe garantito **a** tutti noi una vita tranquilla e serena.

Exercise 11: **ABITARE**: che io abiti, che tu abiti, che lui/lei abiti, che noi abitiamo, che voi abitiate, che loro abitino; **AMARE**: che io ami, che tu ami, che lui/lei ami, che noi amiamo, che voi amiate, che loro amino; **ASPETTARE**: che io aspetti, che tu aspetti, che lui/lei aspetti, che noi aspettiamo, che voi aspettiate, che loro aspettino; **ASCOLTARE**: che io ascolti, che tu ascolti, che lui/lei ascolti, che noi ascoltiamo, che voi ascoltate, che loro ascoltino; **CANTARE**: che io canti, che tu canti, che lui/lei canti, che noi cantiamo, che voi cantiate, che loro cantino; **CHIAMARE**: che io chiami, che tu chiami, che lui/lei chiami, che noi chiamiamo, che voi chiamiate, che loro chiamino; **DISEGNARE**: che io disegni, che tu disegni, che lui/lei disegni, che noi disegniamo, che voi disegniate, che loro disegnino; **ENTRARE**: che io entri, che tu entri, che lui/lei entri, che noi entriamo, che voi entriate, che loro entrino; **FUMARE**: che io fumi, che tu fumi, che lui/lei fumi, che noi fumiamo, che voi fumiate, che loro fumino; **GIOCARE**: che io giochi, che tu giochi, che lui/lei giochi, che noi giochiamo, che voi giochiate, che loro giochino; **IMPARARE**: che io impari, che tu impari, che lui/lei impari, che noi impariamo, che voi impariate, che loro imparino; **LAVORARE**: che io lavori, che tu lavori, che lui/lei lavori, che noi lavoriamo, che voi lavoriate, che loro lavorino; **MANGIARE**: che io mangi, che tu mangi, che lui/lei mangi, che noi mangiamo, che voi mangiate, che loro mangino; **PAGARE**: che io paghi, che tu paghi, che lui/lei paghi, che noi paghiamo, che voi paghiate, che loro paghino; **PENSARE**: che io pensi, che tu pensi, che lui/lei pensi, che noi pensiamo, che voi pensiate, che loro pensino; **VIAGGIARE**: che io viaggi, che tu viaggi, che lui/lei viaggi, che noi viaggiamo, che voi viaggiate, che loro viaggino.

Exercise 12: **1)** Questa è la canzone **di cui** ti ho parlato. **2)** Oggi arriva il signor Rossi **che** ha problemi economici. **3)** Questa è l'azienda **per cui** ho lavorato. **4)** Conosco **chi** ti può aiutare. **5)** Ti presento le ragazze **che** frequentano il corso d'italiano. **6)** Il ragazzo **che** hai visto ieri sera a casa mia si chiama Giovanni. **7)** Maria è la ragazza **a cui** Roberto scrive sempre. **8) Chi** vuole sostenere l'esame deve compilare questo modulo della scuola. **9)** Mio padre è l'uomo **a cui** hanno rubato l'orologio. **10)** Il jeans **che** stai comprando è molto bello.

Exercise 13: **1)** Mercedes C220 nera; **2)** Tenente Cjukov; **3)** Maggiore Kostja Maksimovic Skubak; **4)** Direttore Fyodor Ivanovic Petrov; **5)** Silvya; **6)** Capelli rasati a zero, occhiali da vista tondi da intellettuale, di aspetto longilineo, quasi magro, con un doppio petto grigio dal taglio sartoriale impeccabile; **7)** Alcune fotografie; **8)** Nato Defence College; **9)** Joint Warfare Centre (JWC) di Stavanger, in Norvegia. **10)** Irina Borisovna Ratcenko

Exercise 14: **Il** volo fu breve e tranquillo, senza nessun incontro strano o particolare da segnalare. Si diresse verso **l'**uscita dell'aeroporto Domodedovo e si fermò davanti alla lunga fila di taxi gialli che, disciplinatamente, aspettavano l'arrivo dei clienti. Con **lo** sguardo scrutò in ogni direzione ma del suo contatto nemmeno l'ombra. «**Il** mio attendente dev'essere in ritardo» pensò Aleksej mentre guardava impaziente **l'**orologio. Non poteva fare altro che aspettare perché gli era stato ordinato di non allontanarsi dall'uscita, per nessun motivo. Improvvisamente, si accorse di **un** uomo che gli veniva incontro con **le** braccia allargate. Aveva stampato sul volto **un** sorriso e **l'**aria di chi sembrava conoscerlo da tempo.

Exercise 15: Aleksej **prese** tra le mani il documento e **cominciò** ad osservarlo. Non **era** un esperto in contraffazione ma quello gli **sembrava** proprio originale o, quanto meno, un'ottima imitazione. Lo **restituì** a Skubak accompagnando il gesto con una smorfia di disapprovazione. «Servizi segreti...?», **replicò** irritato, «questa dev'essere sicuramente opera di mio nonno Andrej. Ma gli **dica** che deve rassegnarsi perché sa benissimo che non ho nessuna simpatia per voi. **Disapprovo** i vostri metodi da nazisti per cui è inutile che **proviate** a reclutarmi.» Poi, col tono perentorio di chi è abituato a comandare e impartire ordini, concluse: «**Accosti** e mi faccia scendere. Immediatamente.» «**Abbia** pazienza ancora per trenta minuti e poi tutto le sarà più chiaro» lo incalzò Skubak.

Exercise 16: **A** quell'ora Mosca era già caotica e immersa **nel** traffico mattutino. Un timido sole primaverile provava **a** farsi strada, **tra** enormi nubi, **con** tutta la forza **dei** suoi raggi. Proseguirono dritti verso il centro, lungo via Tverskaja, poi svoltarono repentinamente **in** una delle tante stradine laterali, ma troppo velocemente perché Aleksej potesse leggerne l'indirizzo. Dopo alcune centinaia **di** metri l'auto si fermò **nei** pressi **di** un grande palazzone color giallo ocra, **con** tante finestre messe insieme una accanto all'altra e **con** i vetri oscurati. Giunti **all'**ingresso Aleksej fu accolto **da** un imponente stemma color marrone. Aveva la forma circolare **con** al centro una grande stella **a** cinque punte. Un piccolo globo blu brillante **al** suo interno. Superarono il metal detector e mostrarono i documenti **alle** due guardie. Ricevettero i badge **per** accedere **al** settimo piano, lì dove si trovava il direttore Petrov. Filarono **in** tutta fretta verso uno **dei** tre ascensori e presero quello meno affollato. Giunti **al** piano, svoltarono **alla** loro sinistra e si avviarono **per** un lungo corridoio.

Exercise 17: **1)** Tra **pochi** giorni partiremo per le vacanze! **2)** Olga non desidera una casa **qualunque** ma vuole una villa con piscina! **3)** Da **qualche** anno studio italiano all'università. **4)** A Natale non abbiamo ricevuto **alcun** regalo! **5)**. **Ogni** mattina leggiamo il giornale. **6)** Sono stata a Venezia solo **alcune** volte. **7)** Roberto ha **tanti** libri di storia. **8)** Dopo la festa **tutto** l'appartamento era in disordine. **9) Parecchi** ragazzi possiedono un Iphone.

Exercise 18: **1)** Ti offro un caffè? – No, oggi **te lo** offro io. **2)** Quante fette di torta hai mangiato? **Ne** ho mangiate due. **3)** Mi servono cento euri. **Me li** presti?

4) Non conosco il numero di telefonino di quella ragazza. Non **me l'** (me lo) ha dato dopo la discoteca. 5) La tua nuova ragazza è proprio bella e intelligente. Perché non **me ne** avevi parlato prima? 6) Per favore, mi passi quel giornale? **Te lo** passo subito. 7) Ho ordinato una pizza ma il cameriere **me l'** (me la) ha portata solo dopo un'ora. 8) Se ti piacciono gli gnocchi **te ne** preparo subito un piatto.

Exercise 19: 1) Arma a radiazione elettromagnetica; 2) Operazione Bruxelles; 3) Gemelli monozigoti; 4) Porche Carrera 911 nera; 5) In aperta campagna; 6) Grigory; 7) Il Covo; 8) Una suite; 9) Si.

Exercise 20: **La** tensione e **lo** stress lo stavano uccidendo. Si allentò **il** nodo della cravatta e ingurgitò rapidamente **il** piccolo bicchiere di vodka che aveva precedentemente riempito. Sapeva di non poter perdere altro tempo e come se fosse stato morso da **una** tarantola, premette repentinamente **il** pulsante dell'interfono. **Il** cancello si spalancò magicamente, come se **una** mano invisibile avesse premuto **un** bottone. Irina, agitata e impaziente per quell'attesa imprevista, prima che fosse completamente aperto, premette violentemente **il** piede sull'acceleratore. Il suo tacco dodici, più che **un** accessorio di abbigliamento, sembrava **un'**arma micidiale da usare all'occorrenza. Aleksej la seguì con **lo** sguardo fin dove poté.

Exercise 21: Irina, stranamente, **si congedò** dai due senza dire una parola e **si allontanò** irosa, **sbattendo** freneticamente i tacchi, delle sue lussuose scarpe, sul pavimento. Il suo tacco dodici, più che un accessorio di abbigliamento, **sembrava** un'arma micidiale da usare all'occorrenza. Aleksej la **seguì** con lo sguardo fin dove **poté**. **Camminava** sinuosa nei suoi jeans attillati e **pensò** che avesse uno splendido corpo. Ma **era** pur sempre una spia e di quelle temibili. **Decise** che sarebbe stato più saggio e salutare starle alla larga. In quella circostanza, Skubak **si dimostrò** insolitamente gentile e affettato. **Si comportò** come se avesse ricevuto ordini perentori e precisi dall'alto.

Exercise 22: Aveva ottenuto solo una parziale spiegazione **da** parte **di** Petrov e questo non aveva fatto altro che accrescere i suoi dubbi. La sua famiglia era seriamente **in** pericolo, compresa sua mamma Maria. Prima **di** arrivare **al** parcheggio pensò **di** contattare telefonicamente suo nonno Andrej, cercando **di** non farsi scoprire, ma la sua nuova amica lo guardava **a** vista e lo controllava molto **da** vicino. Era sicuro che solo il nonno sarebbe stato **in** grado **di** mettere fine **a** quel terribile incubo. Avrebbe escogitato qualcosa **in** seguito, ma adesso aveva solo bisogno **di** un po' **di** riposo **per** rimettersi **in** sesto. Salirono **a** bordo **di** una Porche Carrera 911 nera, **con** i sedili **in** pelle rossa. Irina lo fissò **negli** occhi **con** atteggiamento **di** sfida. Irina guidò spericolatamente **per** le vie **del** centro, sorpassando e zigzagando come un pilota esperto.

Exercise 23: **1)** Viaggiare è più interessante **che** guardare documentari. **2)** Una macchina veloce è più pericolosa **che** utile. **3)** Quel lavoro era molto più interessante **di** questo. **4)** La tua macchina è molto più veloce **della** mia. **5)** Uscire è più divertente **che** guardare la televisione. **6)** Quella ragazza è più bella **che** simpatica. **7)** Viaggiare in aereo è più veloce **che** viaggiare in treno. **8)** Fabio è più studioso **di** Massimo. **9)** La Svezia è più grande **della** Svizzera. **10)** A scuola ho studiato più italiano **che** spagnolo.

Exercise 24: **AIUTARE:** che io abbia aiutato, che tu abbia aiutato, che lui/lei abbia aiutato, che noi abbiamo aiutato, che voi abbiate aiutato, che loro abbiano aiutato. **BACIARE:** che io abbia baciato, che tu abbia baciato, che lui/lei abbia baciato, che noi abbiamo baciato, che voi abbiate baciato, che loro abbiano baciato. **BALLARE:** che io abbia ballato, che tu abbia ballato, che lui/lei abbia ballato, che noi abbiamo ballato, che voi abbiate ballato, che loro abbiano ballato. **BUTTARE:** che io abbia buttato, che tu abbia buttato, che lui/lei abbia buttato, che noi abbiamo buttato, che voi abbiate buttato, che loro abbiano buttato. **CAMMINARE:** che io abbia camminato, che tu abbia camminato, che lui/lei abbia camminato, che noi abbiamo camminato, che voi abbiate camminato, che loro abbiano camminato. **CONSIGLIARE:** che io abbia consigliato, che tu abbia consigliato, che lui/lei abbia consigliato, che noi abbiamo consigliato, che voi abbiate consigliato, che loro abbiano consigliato. **CURARE:** che io abbia curato, che tu abbia curato, che lui/lei abbia curato, che noi abbiamo curato, che voi abbiate curato, che loro abbiano curato. **DIMENTICARE:** che io abbia dimenticato, che tu abbia dimenticato, che lui/lei abbia dimenticato, che noi abbiamo dimenticato, che voi abbiate dimenticato, che loro abbiano dimenticato.

GRIDARE: che io abbia gridato, che tu abbia gridato, che lui/lei abbia gridato, che noi abbiamo gridato, che voi abbiate gridato, che loro abbiano gridato. **GUIDARE:** che io abbia guidato, che tu abbia guidato, che lui/lei abbia guidato, che noi abbiamo guidato, che voi abbiate guidato, che loro abbiano guidato. **INCONTRARE:** che io abbia incontrato, che tu abbia incontrato, che lui/lei abbia incontrato, che noi abbiamo incontrato, che voi abbiate incontrato, che loro abbiano incontrato. **INVITARE:** che io abbia invitato, che tu abbia invitato, che lui/lei abbia invitato, che noi abbiamo invitato, che voi abbiate invitato, che loro abbiano invitato. **NUOTARE:** che io abbia nuotato, che tu abbia nuotato, che lui/lei abbia nuotato, che noi abbiamo nuotato, che voi abbiate nuotato, che loro abbiano nuotato. **PAGARE:** che io abbia pagato, che tu abbia pagato, che lui/lei abbia pagato, che noi abbiamo pagato, che voi abbiate pagato, che loro abbiano pagato. **PARCHEGGIARE:** che io abbia parcheggiato, che tu abbia parcheggiato, che lui/lei abbia parcheggiato, che noi abbiamo parcheggiato, che voi abbiate parcheggiato, che loro abbiano parcheggiato. **PRENOTARE:** che io abbia prenotato, che tu abbia prenotato, che lui/lei abbia prenotato, che noi abbiamo prenotato, che voi abbiate prenotato, che loro abbiano prenotato. **RACCONTARE:** che io abbia raccontare, che tu abbia raccontare, che lui/lei abbia raccontare, che noi abbiamo raccontare, che voi abbiate raccontare, che loro abbiano raccontare.

Exercise 25: **1)** Luca ha una macchiolina rossa all'inguine; **2)** Una corsetta mattutina nel parco; **3)** Irina; **4)** Alle sette di mattina; **5)** Si fermò ad osservare le fotografie di ex spie russe appese alle pareti; **6)** Harold Adrian Russell "Kim" Philby; **7)** KIM; **8)** Sala numero 5; **9)** Generale Fabian Lefevre.

Exercise 26: **Un** suono sinistro e ripetitivo svegliò Aleksej di soprassalto. Con **la** mano sinistra, istintivamente, andò verso **il** comodino e con **un** colpo netto scaraventò quell'aggeggio sul pavimento, lontano, in fondo alla stanza. Ma **il** rumore non cessò del tutto e fu costretto ad alzarsi dal letto. Fuori era ancora buio ma **la** timida luce dell'alba faceva già capolino dalla finestra. Era completamente nudo e con **la** testa che gli girava. Si ricordò della sera prima, del vino e di Irina. Poi ebbe **un** sussulto. Qualcuno, nascosto nell'ombra, sedeva sulla poltrona vicino alla porta d'ingresso. L'ombra si alzò lentamente e con **un** colpo di karate, usando

la suola della scarpa, colpì **la** sveglia che stava continuando, imperterrita, a lanciare **il** suo sinistro sibilo di allerta.

Exercise 27: Proprio **di** recente gli era sembrato **di** essere stato **sulla** spiaggia **a** prendere il sole, **in** compagnia **di** una donna **di** cui non riusciva **a** vedere il volto. Ma il fatto che **al** «Covo» mancasse tutto questo lo aveva fatto dubitare. Adesso si sentiva confuso, eppure quelle visioni erano sempre più frequenti, intense, quasi reali, come se qualcuno stesse comunicando **con** lui telepaticamente. Avevano **da** poco iniziato **a** correre intorno **al** parco che Irina lo sfidò **a** arrivare **per** primo **dall**'altra parte **del** castello. Aleksej era un atleta e sapeva che non avrebbe avuto difficoltà **a** batterla, ma **in** quel frangente decise **di** lasciarla vincere **di** proposito. Quando furono **dall**'altra parte **del** parco Irina gridò soddisfatta.

Exercise 28: **Era** un agente segreto britannico, ma già dopo pochi mesi di servizio **cominciò** a collaborare con noi, prima come agente russo per l'NKVD e poi per il KGB. **Era** la nostra talpa all'interno del Military Intelligence inglese. Nel 1963 il suo doppio gioco fu scoperto. **Fuggì** a Mosca dove **ha vissuto** e lavorato come istruttore per il KGB fino alla sua morte, avvenuta nel 1988. Philby **è stata** la spia russa che **ha creato** i maggiori danni al Regno Unito e all'Alleanza Atlantica. Per ventisette anni ci **ha inviato** informazioni di altissimo livello che **hanno causato**, al blocco occidentale, un'ingente perdita di mezzi e di agenti.

Exercise 29: **CAMMINARE:** che io camminassi, che tu camminassi, che lui/lei camminasse, che noi camminassimo, che voi camminaste, che loro camminassero. **CENARE:** che io cenassi, che tu cenassi, che lui/lei cenasse, che noi cenassimo, che voi cenaste, che loro cenassero. **CONSERVARE:** che io conservassi, che tu conservassi, che lui/lei conservasse, che noi conservassimo, che voi conservaste, che loro conservassero. **CONTROLLARE:** che io controllassi, che tu controllassi, che lui/lei controllasse, che noi controllassimo, che voi controllaste, che loro controllassero. **DISTURBARE:** che io disturbassi, che tu disturbassi, che lui/lei disturbasse, che noi disturbassimo, che voi disturbaste, che loro disturbassero. **GIRARE:** che io girassi, che tu girassi, che lui/lei girasse, che noi girassimo, che voi giraste, che loro girassero. **IMPARARE:** che io imparassi, che tu imparassi, che lui/lei imparasse, che noi imparassimo, che voi imparaste, che loro imparassero. **INDOSSARE:** che io indossassi, che tu indossassi, che lui/lei

indossasse, che noi indossassimo, che voi indossaste, che loro indossassero.
INDOVINARE: che io indovinassi, che tu indovinassi, che lui/lei indovinasse, che noi indovinassimo, che voi indovinaste, che loro indovinassero.
INGRASSARE: che io ingrassassi, che tu ingrassassi, che lui/lei ingrassasse, che noi ingrassassimo, che voi ingrassaste, che loro ingrassassero. **INVIARE:** che io inviassi, che tu inviassi, che lui/lei inviasse, che noi inviassimo, che voi inviaste, che loro inviassero. **INVITARE:** che io invitassi, che tu invitassi, che lui/lei invitasse, che noi invitassimo, che voi invitaste, che loro invitassero. **LASCIARE:** che io lasciassi, che tu lasciassi, che lui/lei lasciasse, che noi lasciassimo, che voi lasciaste, che loro lasciassero. **LAVARE:** che io lavassi, che tu lavassi, che lui/lei lavasse, che noi lavassimo, che voi lavaste, che loro lavassero. **LOTTARE:** che io lottassi, che tu lottassi, che lui/lei lottasse, che noi lottassimo, che voi lottaste, che loro lottassero. **ORDINARE:** che io ordinassi, che tu ordinassi, che lui/lei ordinasse, che noi ordinassimo, che voi ordinaste, che loro ordinassero.

Exercise 30: **ORGANIZZARE:** che io avessi organizzato, che tu avessi organizzato, che lui/lei avesse organizzato, che noi avessimo organizzato, che voi aveste organizzato, che loro avessero organizzato. **PARTECIPARE:** che io avessi partecipato, che tu avessi partecipato, che lui/lei avesse partecipato, che noi avessimo partecipato, che voi aveste partecipato, che loro avessero partecipato. **PORTARE:** che io avessi portato, che tu avessi portato, che lui/lei avesse portato, che noi avessimo portato, che voi aveste portato, che loro avessero portato. **PRESTARE:** che io avessi prestato, che tu avessi prestato, che lui/lei avesse prestato, che noi avessimo prestato, che voi aveste prestato, che loro avessero prestato. **REALIZZARE:** che io avessi realizzato, che tu avessi realizzato, che lui/lei avesse realizzato, che noi avessimo realizzato, che voi aveste realizzato, che loro avessero realizzato. **RECITARE:** che io avessi recitato, che tu avessi recitato, che lui/lei avesse recitato, che noi avessimo recitato, che voi aveste recitato, che loro avessero recitato. **RESTARE:** che io fossi restato/a, che tu fossi restato/a, che lui/lei fosse restato/a, che noi fossimo restati/e, che voi foste restati/e, che loro fossero restati/e. **RUBARE:** che io avessi rubato, che tu avessi rubato, che lui/lei avesse rubato, che noi avessimo rubato, che voi aveste rubato, che loro avessero rubato. **SBAGLIARE:** che io avessi sbagliato, che tu avessi sbagliato, che lui/lei avesse sbagliato, che noi avessimo sbagliato, che voi aveste sbagliato, che loro avessero sbagliato. **SCAPPARE:** che io fossi scappato/a, che tu fossi scappato/a, che lui/lei fosse scappato/a, che noi fossimo scappati/e, che voi foste scappati/e, che loro fossero scappati/e. **SOGNARE:** che io avessi sognato, che tu avessi sognato, che lui/lei avesse sognato, che noi avessimo sognato, che voi aveste sognato, che loro avessero sognato. **SPERARE:** che io avessi sperato, che tu avessi sperato, che lui/lei avesse sperato, che noi avessimo sperato, che voi aveste sperato, che loro avessero sperato. **SUONARE:** che io avessi suonato, che tu avessi suonato, che lui/lei avesse suonato, che noi avessimo suonato, che voi aveste suonato, che loro avessero suonato. **TIRARE:** che io avessi tirato, che tu avessi tirato, che lui/lei avesse tirato, che noi avessimo tirato, che voi aveste tirato, che loro avessero tirato. **TROVARE:** che io avessi trovato, che tu avessi trovato, che lui/lei avesse trovato, che noi avessimo trovato, che voi aveste trovato, che loro avessero trovato. **VISITARE:** che io avessi visitato, che tu avessi visitato, che lui/lei avesse visitato, che noi avessimo visitato, che voi aveste visitato, che loro avessero visitato.

Printed in Dunstable, United Kingdom